metro

Mercedes Rosende

Falsche Ursula

metro wurde begründet
von Thomas Wörtche

Zu diesem Buch

Ursula ist unzufrieden. Zu hässlich, zu hungrig, zu allein – ihr Leben läuft überhaupt nicht so, wie sie es gern hätte. Die Schwester ist schöner, die Nachbarin glücklicher, und wer hält schon eine ewige Gemüsesuppen-Diät durch? Da kommt ihr der mysteriöse Erpresseranruf eigentlich ganz gelegen: Man habe ihren Ehemann entführt, eine Million Lösegeld. Nur: Ursula hat gar keinen Ehemann. Doch ihr unstillbarer Hunger auf das Leben der anderen verbietet ihr, die Verwechslung aufzudecken. Sie entdeckt ihr kriminalistisches Talent, das sie in ein abstrus herrliches Abenteuer führt.

»Gehts noch skrupelloser? Schwerlich. Und es geht auch kaum lustiger, jedenfalls für alle, die Spaß an federleichtem Sarkasmus haben. Rosende hat ihren Spannungsbogen perfekt raus.«
Frankfurter Allgemeine Zeitung

Die Autorin

Mercedes Rosende (*1958 in Montevideo, Uruguay) studierte Recht und Integrationspolitik. Neben ihrer schriftstellerischen Arbeit ist sie als Anwältin und Journalistin aktiv. Für ihre Romane und Erzählungen wurde sie mehrfach ausgezeichnet. 2005 erhielt sie den Premio Municipal de Narrativa, 2008 den uruguayischen Nationalliteraturpreis und 2014 den Código Negro. 2019 wurde sie für ihren Roman *Krokodilstränen* mit dem LiBeraturpreis ausgezeichnet. Sie lebt in Montevideo.

Im Unionsverlag sind außerdem lieferbar: *Krokodilstränen; Der Ursula-Effekt* und *Ursula fängt Feuer.*

Der Übersetzer

Peter Kultzen (*1962) studierte Romanistik und Germanistik in München, Salamanca, Madrid und Berlin. Er lebt als freier Lektor und Übersetzer spanisch- und portugiesischsprachiger Literatur in Berlin.

Mehr über die Autorin und ihr Werk auf *www.unionsverlag.com*

Mercedes Rosende

Falsche Ursula

Kriminalroman

Aus dem Spanischen
von Peter Kultzen

Unionsverlag

Die Originalausgabe erschien 2017 bei Estuario Editora, Montevideo.
Mottozitat: Übersetzung von Alfred Peuker, bearbeitet von Ursula Fischer, in: Thomas de Quincey, *Der Mord als eine schöne Kunst betrachtet*, Insel Verlag, Frankfurt a. M., 1977.

Im Internet
Aktuelle Informationen, Dokumente und Materialien
zu Mercedes Rosende und diesem Buch
www.unionsverlag.com

Unionsverlag Taschenbuch 930

Die deutsche Ausgabe erscheint in Vereinbarung mit
der Ampi Margini Literary Agency
Originaltitel: Mujer equivocada

Neptunstrasse 20, CH-8032 Zürich
Telefon +41 44 283 20 00
mail@unionsverlag.ch

Die erste Ausgabe dieses Werks im Unionsverlag erschien 2020
Reihengestaltung: Heinz Unternährer
Umschlaggestaltung: Peter Löffelholz unter Verwendung
eines Motivs von GeorgePeters (iStockphoto)
Lektorat: Anne-Catherine Eigner
Satz: Greiner & Reichel, Köln
Druck und Bindung: CPI – Clausen & Bosse, Leck
www.unionsverlag.com/produktsicherheit
ISBN 978-3-293-20930-5
2. Auflage, August 2025

Der Unionsverlag wird vom Bundesamt für Kultur mit einem Verlagsförderungs-Strukturbeitrag für die Jahre 2021–2025 unterstützt.

Auch als E-Book erhältlich

»Wenn einer sich erst aufs Morden einlässt,
dann verfällt er auch bald aufs Rauben;
Saufen und Sabbatschänden sind die nächsten Laster,
und von da ist es nicht mehr weit zu
Frechheit und Saumseligkeit.«

THOMAS DE QUINCEY

ERSTER TAG

I

Hallo Ursula, willkommen in der Welt der Dicken, wo Spiegel dir definitiv übel gesinnt sind.

Das Übergewicht hat sich auf leisen Sohlen herangepirscht, sage ich mir, ich habe es fast nicht bemerkt. Nein, stimmt nicht, ich habe es sehr wohl bemerkt, zuerst drückte der eine oder andere Knopf, dann ging der Reißverschluss nicht richtig zu, was alles, für sich allein genommen, noch nicht viel zu bedeuten hat: Du hast eben deine Tage und bist deshalb so aufgequollen, oder du hast Blähungen, oder es haben sich irgendwelche Flüssigkeiten angestaut – das wird doch kein Fibrom sein? Bis vor Kurzem befand mein Arzt, Größe und Gewicht stünden bei mir in einem ausgeglichenen Verhältnis, »alles im grünen Bereich«, wie er sich ausdrückte. Ab wann ist eigentlich die Gesundheit wichtiger als das Aussehen? Sobald man siebzig Kilo wiegt? Fünfundsiebzig? Von welchem Moment an spielt es eine Rolle, ob sich Taille, Hüfte und Beine »im grünen Bereich« befinden?

»Und, passt es?«, höre ich die Verkäuferin rufen.

»Ich komm nicht rein, können Sie es mir eine Nummer größer bringen?«

»Nein, haben wir nicht, das ist schon die größte.«

Das saß.

Plötzliche Hitze durchwallt mich, von der Brust hinauf ins Gesicht, bis die Ohren glühen. Beim Versuch, das Kleid, das einfach nicht über meine Hüfte passte, wieder auszuziehen, verheddert es sich zwischen den Achseln und meinem Kopf, der dicke Stoff raubt mir Licht und Luft. Ich möchte mich befreien, zerre an dem Kleid, fuchtele mit den Armen, verfickte Verkäuferin, was heißt da, das ist schon die größte Nummer? Mit den Pobacken stoße ich an die Wand der Umkleidekabine, die mich auf einmal einengt, umklammert, erstickt! Ich bekomme das verdammte Kleid nicht ausgezogen, ich kann nichts sehen und kriege keine Luft, Rücken und Brust sind schweißnass, Herrgott noch mal, warum will das Scheißding nicht? Ich zerre noch heftiger, was die Nähte davon halten, ist mir egal, dafür muss ich an die Frau da draußen denken und werde immer wütender, am liebsten würde ich losheulen, aus der Kabine rennen und ihr den Fummel ins Gesicht schmeißen, ich zerre und zerre, die Nähte ächzen, der Stoff steht kurz vor dem Zerreißen, dann bin ich das Ding endlich los.

Und stehe da und atme durch. Tief durch.

Im erbarmungslosen Licht der Kabine betrachte ich mein Spiegelbild: eine aufgewühlte keuchende Frau mit rotem Gesicht, vortretenden Augen und wirrem Haar, die aus ihrer Unterwäsche quillt.

Sieh dich an, Ursula, sieh dich ruhig an. Diese schweißglänzenden Speckfalten, die bei fünfhundert Watt Beleuchtung erst so richtig zur Geltung kommen – das bist du! Erkennst du dich nicht wieder? Darf ich vorstellen: die fette Ursula. Der schwabblige Lappen da, das ist dein Doppelkinn, und die Kugel, weiter unten, das ist dein Bauch, und dahinten? Ein Rie-sen-arsch.

»Wer sollte so einen Dickwanst jemals lieb haben?«, flüstert Papa mir zu.

Es reicht, ich sehe weg.

Und ziehe mich an, so gut ich kann. Meine ungeschickten Finger knöpfen die Bluse schief zu. Dann fällt mir die Handtasche hin, Münzen, Taschentücher, ein Kamm, Lippenstifte, angebissene Müsli- und Schokoladenriegel verteilen sich über den Boden. Ich sammle alles auf, zupfe mir das Haar zurecht. Dass bloß diese Verkäuferin nicht mehr da draußen steht! Soll sie doch ihre Liliputanersachen jemand anderem andrehen.

Mit dem Kleid in der Hand und einem Kloß im Hals trete ich aus der Kabine.

Ich halte suchend nach der Verkäuferin Ausschau. Sie hält gerade einer Frau in meinem Alter, um die vierzig, eine weiße Hose hin. Die Frau probiert, ob sie passt, indem sie sich die Hose einfach an die schlanke vollkommene Hüfte hält. Von irgendwelchen »grünen Bereichen« hat diese Hüfte bestimmt noch nie gehört. Was sie die Verkäuferin jetzt fragt, ist nicht schwer zu erraten. »Und, steht sie mir? Stimmt die Größe?« Die Verkäuferin nickt mit einem kriecherischen Lächeln. »Alles genau, wie es sein soll, meine Liebe.«

Ich bin dick geworden, ohne es zu merken, habe ich vorhin gesagt. Das war gelogen. Schuld sind all die Kunstfasern, aus denen Kleidung heutzutage hergestellt wird – Lycra, Elastan, Spandex. Sie sorgen dafür, dass aus Größe 44 mal eben schnell Größe 46 oder sogar 50 wird, ohne dass die Frau, die das Zeug anhat, etwas mitbekommt. Das Fett dehnt sich aus, aber Spandex hält alles schön in Form. Heimtückisch verschleiert es die Speckfalten, tarnt lässig den beginnenden Schwabbelbauch. Außerdem: Wer sieht schon öfter als nötig in den Spiegel, wenn er die vierzig überschritten hat? Und falls doch, tut die nachlassende Sehkraft großmütig das Ihre, um das Bild zu verschleiern oder ihm den Anstrich der Normalität zu verleihen.

Lügen, nichts als Lügen. Ich habe seit jeher gewusst, dass ich eines Tages dick sein würde. Schon als ich es noch gar nicht war. Papa hat versucht, mich zu warnen, und Tante Irene … Arme Tante Irene.

Bevor ich aus dem Laden fliehe, sehe ich mich noch einmal um: Heute ist Schlussverkauf, überall stehen Frauen und wühlen in Bergen aus Blüschen, T-Shirtlein und Mikro-Shorts, mit denen sie in diesem Sommer ihre Körperchen zur Schau stellen werden. Lachend unterhalten sie sich, während sie mit ihrer zusammengerafften Beute vor den Ankleidekabinen oder der Kasse Schlange stehen und sich in geheimem Einverständnis mustern – die Schwesternschaft der schönen Frauen. Bei ihrem Anblick würde ich das Kleid in meiner Hand am liebsten auf den Boden schmeißen und schreiend darauf herumtrampeln. »Ist mir doch egal, ob der Scheiß passt oder nicht«, möchte ich rufen und mit lautem Türknallen aus dem Laden rennen.

Stattdessen gehe ich langsam zur Theke und gebe das Kleid, eine unhörbare Entschuldigung murmelnd, zurück, ohne die Verkäuferinnen anzusehen, keine Lust auf ihre vielsagenden Mienen, und verlasse das Geschäft durch den Haupteingang so, als schliche ich mich eigentlich durch den Hintereingang. Draußen empfängt mich das Gedränge, und ich lasse mich von der Menge verschlucken.

Noch heute fange ich mit der Diät an.

»Ein Parkticket, bitte.«

»Sagst du mir noch deine Autonummer, Süße?«

Der Kerl glotzt mich lächelnd an. In der Bude riecht es nach Essen, hinter einem Vorhang hantiert jemand mit Töpfen und Tellern, eine Frauenstimme trällert eine Cumbia-Melodie. Mein Blick wandert von der nackten, nur knapp durch einen großen Autoreifen verdeckten Frau auf dem

Wandkalender zu den Hintern, die mich von den Zeitschriften in der Auslage anspringen. Wenn ich mir Mühe gebe, kann ich mir vorstellen, ich wäre die Schönheit hinter dem Reifen, oder ich würde auf dem Hochglanzpapier einer der Illustrierten meinen Hintern zur Schau stellen. Der Mann hinter dem Tresen starrt mir, unermüdlich lächelnd, auf die Brüste, die mein vor Jahren gekauftes Spandex-T-Shirt ausfüllen. Ich lasse den Blick weiter über die Zeitschriften und dann zurück zum Kalender wandern.

Irgendwann stütze ich den Ellbogen auf dem Tresen auf und beuge mich vor, dem Mann entgegen, der mich weiterhin lächelnd anstarrt. Ich sehe ihm in die Augen und ziehe dabei mein T-Shirt nach unten, genüsslich ziehe ich am Ausschnitt, bis eine Brustwarze fast frei liegt, ich halte kurz inne, und ziehe den Stoff dann noch ein Stückchen nach unten, und noch ein Stückchen. Der Typ hört auf zu lächeln und sieht mich nicht mehr an. Ein intensiver Geruch von Linseneintopf mit fetter Fleischeinlage dringt durch den Vorhang und nimmt alles in Beschlag.

»Die Autonummer?«, flüstert der Mann.

»AXB 1890«, diktiere ich langsam, ohne den Blick abzuwenden.

Jetzt schaut der Typ wieder, diesmal in mein Gesicht, dann blickt er zum Vorhang, und gleich darauf senkt er die Augen auf das Papier, auf dem er, plötzlich in Eile, meine Autonummer notiert.

Er reißt den Zettel vom Block. »Zehn Pesos«, brummelt er.

In aller Ruhe ziehe ich mein T-Shirt zurecht, und der Typ händigt mir das Ticket aus, nimmt den Schein entgegen und gibt mir das Wechselgeld zurück, ohne mich noch einmal anzusehen.

»Hosenscheißer.« Mit entschlossenen Schritten gehe ich hinaus, ich komme zu spät zu dem Treffen.

2

In der Ferne taucht das altbekannte Schild vor mir auf, »Weight-Watchers-Treffen, Mittwoch, 18 Uhr« steht dort in dicken blauen Buchstaben.

Langsam gehe ich den Gang entlang, setze zögernd einen Fuß vor den anderen. Weiter, Ursula, jetzt bloß nicht umdrehen und abhauen, du schaffst das, nimm dich zusammen, tief durchatmen. Siehst du, ist doch ganz einfach. Ein Schritt noch, und schon stehst du vor der Tür. Los, Ursula, noch einmal tief durchatmen, dann legst du die Hand auf die Klinke, drückst runter und machst auf.

Und gehst rein.

Ich weiß genau, was jetzt passieren wird, ich weiß, dass ich mir auch diesmal beim Betreten des großen Versammlungsraums ganz hinten im Pfarrzentrum Punta Carretas sagen werde, dass sie lächerlich sind, einfach grotesk, und dass ich mich fragen werde, was ich hier zu suchen habe.

Das gleiche Fremdheitsgefühl wie immer – wo hats dich hin verschlagen, Ursula? Was sind das für Leute? Und der Eindruck, dass dieses ganze Ritual die Kopie einer Kopie einer Kopie ist, dass diese Treffen für andere Länder gedacht sind, nicht für meins, für andere Menschen, nicht für mich.

Noch bevor ich die Tür öffne, weiß ich, dass alle sich übertrieben begeistert umarmen werden, um sich anschließend an den Händen zu fassen und gegenseitig tief in die Augen zu sehen. Jedes Mal das gleiche fest einstudierte Wiedersehensritual, als hätten wir uns seit einer Ewigkeit nicht getroffen, dabei ist seit dem letzten Weight-Watchers-Treffen gerade einmal eine Woche vergangen. Die Begrüßungen, die Sitzverteilung, die Vorstellungen, Fragen und Antworten, alles läuft nach einem vorgeschriebenen Drehbuch ab, einem Drehbuch für Dicke aus anderen Ländern, nicht für Dicke von hier – für uns Dicke, verbessere ich mich, während ich, die Hand immer noch auf der Klinke, heftig atmend dastehe und gegen den Widerwillen ankämpfe, gegen die Verachtung, das Gefühl der Lächerlichkeit, den Wunsch, umzukehren, rauszugehen und hinter der nächsten Ecke zu verschwinden und diese Leute und alles, was mich mit ihnen verbindet, für immer zu vergessen.

Sobald ich den großen Versammlungsraum ganz hinten im Pfarrzentrum Punta Carretas betrete, werde ich mich in einen Ball verwandeln, der von der Straße hereinrollt, in einen Ballon, der sich auf andere Bälle und Ballons zubewegt, ich werde den Eindruck haben, dass der Boden unter meinen Füßen übertrieben laut knarrt und ich viel zu viel Luft ausatme und eine gigantische Menge Raum einnehme, aber ich werde trotzdem am Ritual teilnehmen, die anderen begeistert umarmen, ihnen so tief in die Augen sehen wie sie mir, ihre pummeligen Hände in meine pummeligen Hände nehmen. Und mir sagen, dass es gar nicht so schlecht wäre, in diesem Augenblick und inmitten von so viel schwärmerischer Begeisterung zu sterben – dann bräuchte ich nie mehr eine Diät anzufangen. Nie mehr. Und alles Leid hätte ein Ende.

Schließlich nehme ich meine ganze Kraft zusammen und drücke die Tür auf. Beim Hineingehen muss ich daran denken, dass Luz mich seinerzeit hierhergeschleppt hat, vor zwei, wenn nicht drei Jahren. Ich hatte dermaßen zugenommen, dass ich mich außerstande fühlte, mich aus eigener Kraft aus der Spirale zu befreien, die mit etlichen Portionen

Eis um Mitternacht und einem Extra-Schnitzel zum Mittagessen begonnen hatte.

Als ich zum ersten Mal diese Tür durchquerte, war mir klar: Hier würde ich mich sicher fühlen, aber nicht vor Schokolade und Bier an Sommerabenden, und auch nicht vor Ungeheuern in Sahnetorten- oder Hamburgergestalt. Der große Raum ganz hinten im Pfarrzentrum Punta Carretas mit seinen euphorischen Umarmungen und dem überschwänglichen Händedrücken zur Feier des Wiedersehens nach sieben langen Tagen würde eine unsichtbare und dennoch feste Mauer zwischen Ursula und der Verachtung der Welt darstellen.

Wie ich sie manchmal hasse, diese lächerlichen Treffen, und jedes Mal sind sie mir peinlich. Trotzdem brauche ich sie.

Ich komme immer wieder, lasse die endlose Reihe von Umarmungen über mich ergehen, führe die unmöglichsten Gespräche und erfülle auch sonst sämtliche Vorgaben des Rituals, das es sich einmal in der Woche von sechs bis halb acht zur Aufgabe macht, mich wiederherzustellen. Mich und meine Schwestern und Brüder.

Als Erster begrüßt mich Aurelio. Er umfängt mich mit den Armen, schmiegt sich an mich, und obwohl ich sein Gesicht nicht sehen kann, weiß ich, dass er die Augen schließt. Dazu gluckst er wie ein Säugling, den die Mutter aus der Wiege hebt, um gleich darauf seufzend auszuatmen wie jemand, der den Kopf erschöpft aufs Kissen sinken lässt. Ich lasse ihn gewähren, erschnuppere das Zedernholz und die Bergamotte in seinem Parfüm, dazu eine Spur Vanille, ich höre und spüre sein Atmen und frage mich, wo ich bin und was ich hier eigentlich tue, schon will der Hass aufflackern, doch stattdessen gebe ich mich ganz den zwei Armen hin, die mich umschließen und an eine duftende und schwer atmende Brust drücken, die allen Cormillot- und Atkins-Diäten zum Trotz mollig weich ist und mich liebevoll in sich aufnimmt. Wir verschmelzen unaufhaltsam, bis wir uns zuletzt in einer langsamen Wiedergeburt voneinander lösen, die die Demütigungen einer ganzen Woche verschwinden lässt.

Dann beginnt der allwöchentliche Tanz um die Waage, begleitet von den Geschichten derjenigen, die zum ersten Mal da sind, und den im Chor gesprochenen Antworten der Gruppe – warum, zum Teufel, geht es hier zu wie in einer griechischen Tragödie?

Schließlich ergreift eine Frau das Wort, die von keiner Fluggesellschaft an Bord gelassen würde, es sei denn, sie erwirbt vorher zwei Tickets für sich allein: »Am schlimmsten war die Weihnachtsfeier in der Firma, wo mein Mann arbeitet. Ich hatte zwölf Kilo abgenommen und fühlte mich imstande, auch noch die fünfzig Kilo zu schaffen, die ich weiterhin zu viel auf den Rippen hatte, kein Blick, kein spöttisches Lächeln konnte mir etwas anhaben. Zum ersten Mal seit Jahren hatte ich mir wieder etwas zum Anziehen genäht, ein Kleid aus dunkelblauem Taft, ich hatte mich im Spiegel betrachtet und geschminkt, mich in meinem herrlichen neuen Kleid von allen Seiten bewundert und war dann mit hocherhobenem Kopf im Festsaal erschienen. Dort lächelte ich alle an und hatte das Gefühl, endlich wieder wie eine Frau und nicht wie ein aus dem Aquarium entwichener Wal angesehen zu werden. Juan Carlos und ich unterhielten uns mit seinen Arbeitskollegen, diese stellten mir ihre Ehefrauen vor, und ich fühlte mich als Teil der Festgesellschaft, war wieder ein voll gültiges Mitglied der Gattung Mensch. Jemand machte eine bewundernde Bemerkung über meine Ohrringe mit den Türkisen und meine braune Haut, ich strich mir das Haar zurück, damit sie besser zu sehen waren, brachte sie mit einer Kopfbewegung zum Klimpern, stellte mich zur Schau. Ich wurde immer selbstbewusster, erzählte von meinen Gärtnerinnenkünsten und davon, dass ich vorhatte, noch einmal etwas zu studieren. Dann gingen wir zu den Tischen, mein Mann schob mir den Stuhl zurecht, auf dem ich mich lächelnd niederließ. Das Lächeln muss schlagartig aus meinem Gesicht verschwunden sein, als auf einmal die Stuhlbeine zu zittern anfingen, ich verspürte ein seltsames Beben, das meinen Körper durchlief, dann spreizten die Beine sich, und zu dem demütigenden Geräusch von splitterndem Plastik – alle konnten es hören, mein Gott, alle, die im Saal versammelt waren! – sank ich wie in Zeitlupe schreckensstarr geradewegs in die Hölle. Von danach erinnere ich bloß die Augen, die mich anstarrten, den Ausdruck auf den Gesichtern, die sich über mich beugten, die Blicke, die sich wie Spieße in die auf dem Boden liegende Walfischfrau bohrten. Und dann nicht mal mehr das, meine Augen füllten sich mit Tränen, die mir die Sicht verschleierten, mich nichts mehr erkennen ließen.«

Dass bei einem Weight-Watchers-Treffen einmal eine Weile nichts gesagt würde, kommt nicht vor. Sobald jemand seinen Bericht beendet hat, antwortet die Gruppe ganz im Stil eines griechischen Chores oder wie bei einer satanistischen Sekte. Manchmal habe ich das Gefühl, im nächsten Augenblick erscheint Bette Davis und versucht, mich zu bekehren, wie auch den Rest der Dorfbewohner, woraufhin ich die Flucht antrete, ich stürze mich in ein riesiges Maisfeld, was aber nichts nützt, ihre Augen erwarten mich schon, wo auch immer ich wieder herauskomme.

Sie sind lächerlich, ich hasse sie, manchmal habe ich Angst vor ihnen.

Umstandslos ergreift jemand anders das Wort. Wenn er weint, trösten die Übrigen ihn. Wenn er nicht weint, löchern sie ihn mit Fragen.

Pausen gibt es nicht, niemals.

Alle trösten wir jetzt Ada, arme Ada, sechs Monate Diät, nur um zu diesem Fest gehen zu können, eine sechsmonatige Ochsentour, um auf einem Stuhl zu landen, der zum Vergnügen der Leute unter ihr zusammenbricht.

»Möchte jemand Ada ein paar Tipps für die bevorstehende Woche mitgeben?«, fragt Susana.

Brav, Susana, man sieht, du hast deine Hausaufgaben gemacht und dir für jede Situation das entsprechende Verhalten aus dem Handbuch eingeprägt.

Alle unterstützen wir Ada, lassen ihr lautstark Ratschläge zukommen.

Man braucht die Anweisungen des Handbuchs nur konsequent umzusetzen, dann funktioniert die Sache, und deswegen sind wir ja hier. Auch ich trage irgendwann meinen Teil bei, empfehle und tröste, frage und rate. Ein Mann, dem ein gewaltiger Bauch über den Gürtel hängt, verkündet, er habe zwei Kilo abgenommen, und alle gratulieren wir und klatschen Beifall. Adriana erzählt, sie habe der Versuchung einer Mousse au Chocolat mit Walnüssen nicht widerstehen können, und wir verstehen sie, bestärken sie und ermuntern sie, beim nächsten Mal entschiedener zu sein.

Irgendwann höre ich auf, ich selbst zu sein, und gehe immer mehr in den anderen auf. Verwundert höre ich meine Stimme im Chor, spüre, wie ich folgsam applaudierend die Hände aneinanderschlage und schließlich ganz Teil des Rituals werde, das ich vorher und nachher nichts als kritisiere. Wie schaffen sie das, wann und warum gebe ich meine Vorbehalte auf, wie gelingt es ihnen, mich auf ihre Seite zu ziehen? Offensichtlich bin ich manipulierbar, sage ich mir, eines Tages wird jemand wie die von Bette Davis gespielte Figur erscheinen, und ich werde widerstandslos eine der Ihren werden, mich der Dorfgemeinschaft anschließen, die den

Gott der Ernten verehrt und ihm Fremde opfert, und bereitwillig ihren Hexensabbat mitfeiern, nur um den Schutz einer Gruppe empfinden zu dürfen.

Das Treffen geht zu Ende, und wir stehen auf, erneute Umarmungen, Patschhändchen ergreifen Patschhändchen, letzte Gefühlswallungen, dann ein hastiger Abschied. Nicht mehr mir selbst entfremdet und kein Ballon mehr, kein Ball mehr und befreit von Sätzen, die das Wort »niemals« enthalten – irgendwann hat die Frau in mir wieder den Platz des Walfischweibchens eingenommen. Die Gruppe, die mich aufsaugt und mir meinen Willen raubt, gibt mich, wieder ganz Mensch, der Straße zurück. Ich verlasse also einmal mehr den großen Versammlungsraum ganz hinten im Pfarrzentrum Punta Carretas, gehe durch die Tür, blinzle – und empfinde erneut voller Hass die Nichtigkeit ihrer Argumente, lache über ihren einfältigen Optimismus und verachte diese Kopie einer Kopie einer Kopie. Und fühle mich trotzdem auf geheimnisvolle Weise bestärkt.

3

Eilig lege ich die Strecke von der Calle Colón bis zur Plaza Zabala zurück, stehe schließlich vor der Haustür, stecke den Schlüssel ins Schloss, drehe ihn um, öffne, drücke auf den Lichtschalter – einmal, zweimal, zigmal – und muss feststellen, dass sich nichts tut. »Verdammt, kein Strom«, sage ich mir. Und als mir das Desaster bewusst wird, überläuft mich ein Schauer.

Wenn man im fünften Stock lebt und der Strom fällt aus, hat man ein Problem.

Wenn man im fünften Stock lebt, der Strom ausfällt, man viele Kilo Übergewicht hat und kein bisschen trainiert ist, darf man durchaus von einer Katastrophe sprechen.

Ich kann unten auf einer Bank warten, erinnere mich dann aber, dass schon bei anderen Gelegenheiten in unserem Gebäude der Strom ausgefallen ist und ein Elektriker gerufen werden musste, der erst nach Stunden eintraf. Was soll ich zwei, drei, ja vielleicht vier Stunden lang auf einer Bank machen? Ich kann in eine Bar gehen, um die Zeit rumzubringen, oder ins Kino und mir einen oder zwei Filme ansehen, ich kann auch in einem Restaurant zu Abend essen. Das wäre eigentlich gar nicht schlecht. Kaum habe ich mich hierzu entschlossen, fällt mir ein, dass ich ohne Kreditkarte aus dem Haus gegangen bin, und mein Bargeld reicht gerade einmal für einen Kaffee. Die Banken wiederum haben bereits geschlossen. Dann gehe ich also zu Fuß nach oben, sage ich mir. Langsam. Auf meine Art.

Ich steige die ersten Stufen hinauf, eine und noch eine und noch eine. Auf dem ersten Treppenabsatz lege ich eine Pause ein.

Ich atme tief durch, und weiter gehts, Stufe für Stufe, na, komm schon, gib dir ein bisschen Mühe. So erreiche ich in etwas mehr als einer Minute den zweiten Stock. Ich fühle mich gut, der Atem geht ein wenig heftig, aber ich halte durch. Ich werfe mich in die Brust, nehme das nächste Stockwerk in Angriff, so weit ists gar nicht mehr. Eine Stufe und noch eine und noch eine, meine Oberschenkel fangen an zu zittern, ich bleibe stehen, ruhe mich aus, ich habe es nicht eilig. Noch ein paar Stufen, aber jetzt zwingt mich das Zittern endgültig zum Anhalten, der Atem spielt verrückt, unfähig, den nächsten Schritt zu tun, ringe ich verzweifelt nach Luft. Ich muss mich setzen, fast lege ich mich hin, ich warte lange, sehr lange, bis ich allmählich wieder atmen kann. Ich stehe auf und setze den Aufstieg fort. Irgendwie erreiche ich den vierten Stock, dort breche ich zusammen. Die Lungen sind zwei schmerzende Beutel, die Luft streicht zischend zwischen meinen Zähnen hindurch, ich spüre den Herzschlag im Rachen, im Schädel.

In dem Gebäude herrscht völlige Stille, wie in der Wüste oder einem Gletscher, weder Radios noch Fernseher noch Musikanlagen sind zu hören, auch keine Warmwasserbereiter, Staubsauger oder Waschmaschinen. An Lärm gewöhnte Menschen wie wir erschrecken, wenn auf einmal kein einziges Geräusch zu vernehmen ist, in der unendlichen bezugslosen Leere verlieren wir die Orientierung, aber schon bald machen unsere Ohren sich an die Arbeit, suchen die Umgebung aufmerksam nach Hörbarem ab.

Zunächst nehme ich nichts wahr, nicht das leiseste akustische Signal dringt bis zu dem Treppenabsatz vor, wo ich in dem bisschen Licht sitze, das es durchs Oberlicht schafft.

Alles, was ich höre, ist mein immer noch stoßweiser Atem, der sich jedoch allmählich normalisiert, wieder gleichmäßig wird, ruhiger, mit größeren Abständen zwischen den Atemzügen. Umso tiefer wird das Schweigen um mich herum, und das Licht immer schwächer. Dass auch keine Stimmen zu hören sind, kein Kindergeschrei, keine Unterhaltungen, ja nicht einmal Hundegebell, liegt womöglich daran, dass die Bewohner noch nicht von der Arbeit zurückgekehrt sind oder aber vor Verwirrung wie gelähmt, wie immer, wenn plötzlich kein Strom zur Verfügung steht.

Ich warte also weiter und spitze die Ohren, ob sich nicht irgendwo doch etwas regt.

Ich sehne mich so sehr danach, dass ich zunächst nicht weiß, ob meine Wahrnehmung echt ist oder ich mir bloß etwas einbilde. Zuerst ist da ein Seufzen, ein sehr leises Einatmen, das ich zu erkennen glaube, dann ein flatterndes Ausatmen, fast wie meines, danach herrscht wieder Stille – es war wohl doch eine Täuschung. Trotzdem halte ich den Atem an, warte mit angespannten Muskeln, während es in meinem Inneren brodelt, aber die Sekunden verstreichen, und nichts ist zu hören.

Langsam rappele ich mich hoch und will enttäuscht den Aufstieg fortsetzen, als ich es erneut vernehme: ein langes, langsames Keuchen. Mit gesträubtem Nackenhaar lasse ich mich sofort wieder auf dem Boden nieder. Ich blicke in Richtung der Tür unterhalb von mir, von wo das Geräusch zu kommen scheint. Ich fahre sämtliche Antennen aus und lausche mit angehaltenem Atem. Da sind zwei Personen am Atmen, sage ich mir, und dieses Atmen wird zeitweilig lauter, verwandelt sich in immer heftigeres Keuchen, und schließlich in Stöhnen. Tatsächlich höre ich zwei Menschen mitten beim Geschlechtsverkehr.

Ich stehe auf, steige geräuschlos die Stufen wieder hinab

und bewege mich auf leisen Sohlen wie eine Katze auf die Tür mit der Nummer 402 zu. Als ich sie fast erreicht habe, sehe ich, dass sie bloß angelehnt ist, ein schmaler Spalt steht offen, manche Leute machen das absichtlich in heißen Nächten, um ein wenig Luftzug hervorzurufen. Ich stelle mich unmittelbar neben der Tür an die Wand, die Geräusche aus dem Inneren werden lauter, sie kommen aus dem Wohnzimmer, das sich gleich hinter dem Eingang auftut, vielleicht von einem Sessel gegenüber der Tür. Ich schließe die Augen, presse mich an die Wand, und lausche und lausche.

Doch dann will ich auch etwas sehen, ich muss, ich sterbe, wenn ich nichts sehen kann.

Im Gang ist es inzwischen ziemlich dunkel, ich glaube nicht, dass man mich erkennen kann. Trotzdem muss ich vorsichtig sein, manchmal vergesse ich das und werde leichtsinnig. Ich nähere mein Gesicht dem Spalt und versuche, in der Dunkelheit etwas auszumachen. Zunächst kann ich bloß zwei Formen unterscheiden, langsame Arm- und Beinbewegungen, ineinander verkeilte Körper, die hin und wieder voneinander ablassen. Das Keuchen wird heftiger und vor dem Hintergrund der völligen Stille immer lauter, es umgibt mich, dringt in mich ein. Ich rieche den Moschus, die Pheromone. Ich erweitere den Spalt um mehrere Millimeter, nur ein winziges Stück, ein ganz klein bisschen. Geräuschlos dreht sich die Tür in den Angeln. Meine Pupillen strengen sich an, ich spüre, wie sie sich weiten, und dann sehe ich sie, drei oder vier Meter von mir entfernt, ihre Körper glänzen, sie streicheln sich, reiben sich aneinander, lecken sich ab.

Ich gehe in die Hocke, setze mich schließlich auf den kalten Boden, ohne die Kälte zu spüren, richte mich in der Dunkelheit des Gangs vor dem Türspalt ein, so wie damals vor Mirtas Tür. Für den Bruchteil einer Sekunde, aber so intensiv, dass ich es leibhaftig zu erleben glaube, befinde ich mich an einem anderen Ort, in der Vergangenheit. Schlagartig stellt die Erinnerung sich ein, und ich sehe alles genau wie damals vor mir. Anstelle der beiden sich Liebenden sind jetzt Mirta und Ricardo, so wie sie gleiten sie übereinander, vereinigen sich und rücken voneinander ab, Flüstern, tiefes Stöhnen, feuchte Geräusche, Körper, die sich anziehen und abstoßen, gierig, voller Gewalt. Die Erinnerung steigt wieder auf, Tante Irenes Wohnung, wo es so still war wie heute hier, ich, die ich in der Dunkelheit auf der Lauer lag, bis ich irgendwann wie eine Katze zu dem schmalen Spalt schlich, das Bett dahinter erblickte, die ineinander verschlungenen Körper, die Zungen, die sich eifrig erkundeten, das Wasser in ihren Mündern, das auf einmal in meinem Mund war, und die Kraft, die mich immer stärker zu ihnen hinzog.

Ich kehre in die Gegenwart zurück, zu dem Paar, dessen Namen ich nicht kenne und dessen Gesichter ich womöglich noch nie gesehen habe. Mittlerweile ist zwischen ihnen ein wilder Kampf entbrannt, sie stöhnen und flüstern nicht mehr, jetzt jaulen sie auf, wenn sie sich liebkosen, schreien, wenn sie aneinander lecken und saugen. Auch meine Atmung wird immer heftiger, ich öffne die Tür noch ein winziges Stück, Vorsicht, Vorsicht, nur wenige Zentimeter, jetzt habe ich sie vollständig vor mir, drei, vier Schritte, und ich könnte ihre schwitzenden Körper berühren, spüren, wie sie unter meinen Händen zittern, meinen Mund ihren Mündern nähern. Das Wasser läuft mir im Mund zusammen, so gerne würde ich noch ein Stück weiter aufmachen.

Da schließt sich unten mit lautem Knall die Haustür und bricht den Bann. Schritte sind zu hören, gleich wird jemand mehrmals auf den Lichtschalter drücken und wenige Sekunden später die ersten Stufen erklimmen.

Hastig stehe ich auf, ziehe meine Kleidung zurecht und mache mich treppaufwärts davon.

4

»Guten Abend. Ihre Papiere, bitte.«

»Guten Abend. Ist irgendwas Besonderes?«

»Nein, bloß eine Kontrolle.«

»Ich bin nicht zu schnell gefahren.«

»Routineüberprüfung.«

»Ist ja gut, ist ja gut.«

»Machen Sie den Motor aus.«

»Ich habs eilig, ich muss zum Flughafen.«

»Motor aus.«

»Ja, natürlich, wenn Sie meinen.«

»Personalausweis, Führerschein, Fahrzeugschein.«

»Hier, die Fahrzeugpapiere. Was für ein Sauwetter!«

»Ja, kein Wetter zum Rausgehen.«

»Alles in Ordnung?«

»Ja, alles gut. Ihren Personalausweis, bitte.«

»Sekunde, der ist in meiner Brieftasche. Hier.«

»Santiago Losada?«

»Ja.«

»Sie wohnen in Montevideo?«

»Ja. Aber ich verstehe nicht, was das soll. Ist irgendwas?«

»Nein, wie gesagt, das ist bloß eine Routineüberprüfung.«

»Das Auto ist auf mich angemeldet, hier, sehen Sie.«

»Das muss ich nachprüfen, dauert nur einen Augenblick.«

»Ja, natürlich, tun Sie das, aber beeilen Sie sich bitte. Ich verpasse sonst mein Flugzeug.«

»Gleich bekommen Sie Ihre Papiere zurück.«

»Danke.«

»Also, alles in Ordnung.«

»Kann ich jetzt fahren?«

»Ich muss Sie leider noch mit einer letzten Frage belästigen. Wo haben Sie Feuerlöscher und Warndreieck?«

»Die sind hinten im Kofferraum. Soll ich Ihnen die Schlüssel geben, und Sie sehen selber nach?«

»Steigen Sie bitte aus.«

»Ich sag doch, ich habs eilig. Können Sie das nicht beim nächsten Fahrer überprüfen?«

»Aussteigen. Die Leute fordern mehr Kontrollen, aber selbst kontrolliert werden will keiner.«

»Stimmt, da haben Sie recht. Aber ich habe noch nie erlebt, dass die Polizei hier Autos anhält, schon gar nicht um diese Uhrzeit, mitten in der Nacht, und bei Regen. Muss ich wirklich aussteigen? Da werde ich tropfnass.«

»Bitte entschuldigen Sie die Belästigung, aber es gibt viele Anzeigen wegen Autodiebstahl, gerade in diesem Viertel.«

»Das ist wahr, hier in Carrasco wird viel gestohlen, allerdings.«

»Eben, darum kontrollieren wir.«

»Hier, bitte schön, die Bescheinigungen für den Feuerlöscher und das Warndreieck, alles in ordnungsgemäßem Zustand.«

»Den Feuerlöscher muss ich sehen, ich muss das Ablaufdatum kontrollieren.«

»Der Feuerlöscher ist ganz hinten im Kofferraum, muss ich den wirklich rausholen? Bei dem Wetter? Außerdem läuft mir die Zeit davon!«

»Tut mir leid, das muss sein.«

»Haben Sie nicht gesagt, Sie suchen nach gestohlenen Autos? Was wollen Sie da mit dem Feuerlöscher?«

»Das gehört zur Routineüberprüfung, Herr Losada.«

»Der Regen wird immer stärker, und der Kofferraum ist dreckig, Sie sind schuld, dass ich nass werde und mir die Kleidung versaue. Das geht wirklich ein bisschen zu weit. Gleich rufe ich bei Ihrer Dienststelle an und beschwere mich über so ein absurdes Vorgehen …«

»…«

»Was machen Sie da? Lassen Sie mich los!«

»…«

»Aaaaaah!«

»…«

»Schlafen Sie gut, Herr Losada.«

5

Seit einer Weile gibt es wieder Strom. Gleichzeitig hat es angefangen zu regnen, und ich habe alles, was ich eigentlich erledigen wollte, erst mal sein lassen. Die Melancholie der Regennacht lässt mich in angenehmer Antriebslosigkeit versinken, aus der mich nicht einmal die Aussicht auf etwas Süßes und Gehaltvolles, zum Beispiel eine Schokoladentorte mit Walnüssen, herauslocken kann. In Gedanken stelle ich mir zwar vor, ich würde losgehen, um die eine oder andere Leckerei zu besorgen, aber es bleibt bei dem Gedanken, Schläfrigkeit befällt mich, und ich sacke immer tiefer in meinem Sessel zusammen, bis ich bloß noch dem Geräusch der Regentropfen lausche, die an die Scheiben trommeln. Es beruhigt mich, schwemmt meinen Willen weg, so wird das Leben geradezu erträglich, ich träume vor mich hin, bis in meinem Hirn völlige Leere herrscht und mein Ich nicht mehr in meinem Körper eingeschlossen ist.

Da durchqueren die Absätze der Frau, die über mir wohnt, die Decke über meinem Kopf.

Tack, tack, tack.

Tack, tack, tack.

Sie ist gerade nach Hause gekommen, diesmal jedoch nicht allein, das Klappern ihrer Absätze wird von lautem Gelächter und angeregten Stimmen begleitet. Der Lärm bereitet meinem friedlichen Dämmer ein Ende. Jetzt stellen sie auch noch Musik an, und mein Bewusstsein wird aus dem so angenehmen Nichts gerissen, in das ich es hatte gleiten lassen.

Aber wer ist heute schon noch Herr seines Bewusstseins?

Tack, tack, tack.

Tack, tack, tack.

Noch mehr lachende Stimmen. Wie viele sind das da oben? Offenbar eine ziemliche Menge.

Ich halte mir die Ohren zu, flüchte in mein Schlafzimmer und bleibe doch eine Gefangene, gefangen in meiner eigenen Wohnung und umfangen vom Radau über mir.

In meiner Verzweiflung suche ich mir eine Beschäftigung, hole Schachteln hervor, krame darin herum, entnehme ihnen Fotos, die ich mir ansehe und dann auf einen Haufen lege. Das Bild eines Hügels versetzt mich an einen heißen Mittag zurück, ich sehe mich selbst beim Fahrradfahren mit längst entschwundenen Freunden, ein kleines Haus in einem Garten, Fenster, Tür, Fenster, Schieferdach und Trauerweide, auf der Schwelle meine Mutter und ich, sie hält eine Decke oder ein Handtuch, als hätte der Fotograf sie bei der Hausarbeit überrascht, ich habe einen Badeanzug an, als würde ich gleich schwimmen gehen oder käme gerade vom Strand zurück, ich weiß aber, dass wir nie an den Strand gingen, weil Mama damals schon krank war. Und hier noch ein Foto, ein Wäldchen, eine Hängematte, Papa und ich.

Dieser Lärm, ständig macht hier irgendwer Krach. Als hätten meine Nachbarn panische Angst vor der Stille.

Ich habe nur wenige Fotos, auf denen ich mit meinem Vater zu sehen bin, auch Fotos von ihm allein besitze ich kaum. Er war der Fotograf, ihm fiel die Aufgabe zu, unser Bild und die Orte, die wir aufsuchten, für die Ewigkeit festzuhalten, er entschied, was aufgezeichnet wurde, und hinterließ so gut wie keine Aufzeichnungen von sich selbst. Ich besitze Schachteln über Schachteln, die Zeugnis von unseren Reisen, Geburtstagen, Weihnachtsfesten ablegen, detaillierte Belege einer Vergangenheit, deren Hauptfigur jedoch ausgeblendet ist. Und auch in meinem Gedächtnis hat sich bloß ein verwischtes Abbild deines Gesichts erhalten, Papa, schließlich befördert die Zeit mehr das Vergessen als das Erinnern. Jetzt breite ich mehrere Fotos wie einen Fächer vor mir auf dem Bett aus.

Die donnernde Musik von oben lässt das vergilbte Papier erzittern. Peng, peng, peng, hallen Schüsse aus einem Film im ganzen Gebäude wider. Kinder heulen, Hunde bellen, Angstschreie aus einem Fernseher, wie soll ich da arbeiten, nachdenken, leben?

Jetzt konzentriere dich, Ursula, hier ist tatsächlich mal ein Bild von Papa, ein Wäldchen, eine Hängematte, ich bin sechs Jahre alt, meine Schwester vier, und unser Vater ist jung und schlank, hat einen dünnen Schnurrbart wie ein Hollywoodstar und trägt Shorts und leichte Slipper. Alle drei sehen wir zufrieden aus. Keine Ahnung, wie das Bild entstanden ist – wo war Mama? Hat sie das Foto gemacht?

Jedenfalls bleibt dies eines der ganz wenigen Fotos, die mein Vater mir von sich hinterlassen hat. Andererseits habe ich alles, was ich habe, von ihm – meine Ängste und Vorurteile, die Sanftheit und die Gewalttätigkeit, die Form meiner Nase, die Blutgruppe, die Liebe zur Altstadt von Montevideo, diese Wohnung und die Möbel darin. Die Sprache, die ich spreche, habe ich auch von ihm, und die andere Sprache noch dazu, mit der ich meinen Lebensunterhalt verdiene, indem ich von der einen in die andere übersetze. Fast alles, was ich hasse, hat auch er gehasst, und meinen Hass auf ihn habe ich ebenfalls ihm zu verdanken. Ich denke fast nie bewusst an ihn, aber sobald ich eins seiner Bücher aus dem Regal nehme oder das Fleisch kaufe, das er gerne aß, oder im Wartezimmer des Zahnarzts sitze, zu dem er immer ging, bin ich bei ihm, und er ist bei mir. Alles, was ich habe, habe ich von ihm, er hat mich auf diese Reise ohne Rückkehr geschickt, die bloß eine Verlängerung seines Lebens ist. Bei diesen Gedanken wird die Vergangenheit für mich zum Labyrinth, in dem ich stunden- und tagelang umherirren kann. Dabei starre ich auf die Postkarten, die er uns schickte, höre die Musik, die er immer hörte, trinke die Kaffeesorte, die er immer trank, und wandere ziellos durch diese Wohnung, von deren Wänden mich die Vergangenheit anblickt und mit jedem Atemzug in mich eindringt. Und ich überlege, dass wir Lebenden nur das haben, was die Toten uns überlassen wollten.

Die Musik wird lauter, die Schreie ausgelassener, auch alles Übrige nimmt an Intensität zu. Vielleicht sehen die da oben inzwischen einen Film, bei dem ein Mörder grausam seine Opfer zerstückelt, vielleicht werden sie auch selbst von irgendwem zerstückelt. Nein, so gut meint es das Leben nicht mit mir, da oben wird niemand umgebracht, die sehen bloß fern und lachen dabei, hemmungslos, und das um diese Uhrzeit.

Vergiss den Lärm, Ursula, und konzentriere dich auf deine Angelegenheiten, lass dich bloß nicht aus der Ruhe bringen. Ich nehme das nächste Foto aus der Schachtel, inzwischen bin ich allerdings ganz schön geladen. Meine Eltern bei ihrer Hochzeit, zusammen mit ihren eigenen Eltern. Dann kommt ein Foto meiner Großmutter Ramona im Kreis ihrer Töchter, Tante Irene, Tante Irma und meine Mutter, alle festlich gekleidet, als wollten sie in die Oper gehen, meine Mutter hält jedoch einen Säugling im Arm, bei dem es sich nur um mich handeln kann. Auf dem nächsten Foto steht meine Großmutter sehr aufrecht und sehr elegant mit ihren Ohrringen und den Ringen an den Fingern und der Brosche an der Brust neben meinem Großvater Máximo, der eine Brille aus Metall trägt. Das Hemd hängt ihm ein wenig zwischen den Hosenträgern aus dem Bund, das lange Haar ist wirr und ungekämmt, meine Großmutter lächelt, während er feierlich dreinblickt. In der Wirklichkeit war es genau andersrum, als ob das Foto ein Spiegel wäre, der die Dinge seitenverkehrt wiedergibt. Dann ein Foto, auf dem meine Mutter hier in diesem Zimmer sitzt, in dem Sessel, in dem ich gerade sitze, sie ist bereits krank, und man sieht ihr an, dass sie weiß, dass keine Hoffnung für sie besteht. Trotz der Schminke und der eleganten Frisur fallen vor allem die tiefen Ringe unter ihren Augen auf. Sie hält ihre Töchter an den Händen, die offensichtlich wissen, dass sie bald Waisen sein werden. Alle drei sehen mich von dem vergilbten Foto aus an, aus einer Vergangenheit, an die ich mich kaum erinnere, und aus der nur der Sessel unverändert hervorgegangen ist.

Und dann Irene, meine Tante Irene, die liebe Tante Irene, die mir so nahe war und unversehens meine Stiefmutter wurde. Verflucht seist du, Tante Irene, wo auch immer du bist, hoffentlich in der Hölle. Hoffentlich brät der Teufel dich dort über seinem Rost schön goldbraun, vorausgesetzt, den Teufel und die Hölle gibt es. Aber nein, so was glauben ja nur Kinder, du, meine geliebte Tante Irene, befindest dich im Abgrund des Nichts, das weiß ich, in der erbarmungslosen Weite der Ewigkeit, in der Leere des Nichtseins, und bist unwiderruflich tot.

Vor einer Weile ist es dunkel geworden. Es regnet immer noch, oder vielmehr schüttet es inzwischen nur so. Die Nachbarn hatten endlich ein Einsehen und geben Ruhe, oder sie sind einfach eingeschlafen. Die Fotos liegen weiterhin über das Bett verstreut, ich betrachte die Gesichter der Toten, und sie sehen mich an. Ihre Augen, die Augen von Menschen, die nicht mehr existieren, rufen mir in Erinnerung, dass sie einst gelebt haben, sie flehen mich an, sie nicht zu vergessen, erst wenn ich nicht mehr an sie denke, hören sie auf zu existieren, sagen sie. Der wahre Tod ist das Vergessen – wer hat das noch mal gesagt? Noch so eine kitschige Weisheit. Ich sehe sie an, betrachte die Fotos, und habe den beunruhigenden Eindruck, sie nie richtig gekannt zu haben, nie gewusst zu haben, wer sie in Wirklichkeit sind, wie sie waren, wenn die Leidenschaft oder das Elend sie mitriss, was ihre dunklen Seiten waren, wer sie waren, als sie noch nicht meine Eltern und meine Großeltern und meine Tante waren.

Ich sehe mich um: Hier gibt es bloß noch Schatten, von diesem Theater ist nur mehr das Bühnenbild übrig. Es ist schon nach Mitternacht, da kehren die Nachbarin aus der Wohnung über mir und ihre Freunde zurück – woher auch immer – und machen jetzt erst recht Krach. Mit meiner Konzentration ist es vorbei, ich kann keinen einzigen vernünftigen Gedanken mehr fassen.

Aber wer ist heute schon noch Herr seines Bewusstseins?

Ich greife zum Telefonhörer und rufe bei der Polizei an, melde den Lärm und nehme ein Schlafmittel, dann für alle Fälle gleich noch eins. Danach versinke ich wie tot im Nichts des chemischen Traums.

6

Der Unterzeichnete, Polizeikommissar Walter Dos Santos Morales, erklärt hiermit, um 01.45 Uhr des heutigen Tages während seines Dienstes im Polizeirevier 1, Calle Gutiérrez Ruiz 1055, Montevideo, einen Funkspruch der Zentrale entgegengenommen zu haben, wonach eine Person weiblichen Geschlechts, die keine weiteren Aussagen zu ihrer Identität machen wollte, um 23.30 Uhr unter der Notrufnummer 911 gemeldet habe, im sechsten Stock des Mietshauses Calle Treinta y Tres, Ecke Calle Juan Carlos Gómez, finde eine Feier statt, die eine erhebliche Lärmbelästigung der Anwohner zur Folge habe. Bei einem weiteren Anruf habe dieselbe Person darauf hingewiesen, dass der Lärm auch in den beiden folgenden Stunden nicht nachgelassen habe. Die aus dem Unterzeichneten sowie weiteren zwei Beamten bestehende Streife, die sich um 04.30 Uhr am angegebenen Ort einfand – zu einem früheren Zeitpunkt stand kein Einsatzwagen zur Verfügung –, konnte keinerlei Unregelmäßigkeiten feststellen. Der vor Ort angetroffene Zeuge José Carlos Almada, eigener Aussage nach als Wachmann in den im Erdgeschoss des erwähnten Gebäudes befindlichen Geschäftsräumen tätig, erklärte, in der gesamten Nacht keinerlei Unregelmäßigkeiten oder Lärmbelästigung bemerkt zu haben. Auf den näheren Zeitraum vor und nach Mitternacht angesprochen, räumte der Befragte jedoch ein, einige Minuten oder möglicherweise bis zu einer Stunde geschlafen zu haben.

Unterschrift: (unlesbar)

7

Los, hilf mir. Mann, ist der schwer.«

»Warte, erst verstecke ich die Mütze und die Jacke. Stell dir vor, es kommt ein Streifenwagen vorbei und sieht mich in Polizistenverkleidung.«

»Mach keinen Scheiß, du Idiot. Dass die Polizei kommt und uns mit einer Leiche rummachen sieht, wäre auch nicht gerade witzig.«

»Das ist keine Leiche. Der Typ schläft, der ist nicht tot.«

»Nenn es, wie du willst, aber jetzt hilf mir, los, pack an.«

»Wir deponieren bloß einen Kerl, der schläft, im Laderaum von unserem Lieferwagen. Der Typ könnte genauso gut krank oder besoffen sein.«

»Nachts um zwölf? Bei dem Sauwetter?«

»Das ist genau die Zeit, zu der die Leute normalerweise krank werden oder sich volllaufen lassen. Vorsicht, da rüber, ein Stück nach rechts.«

»Erzähl so was mal einem Bullen …«

»Also, wie kriegen wir den jetzt hoch, Sergio? Der ist wirklich schwer.«

»Dreh ihn nach rechts, sag ich, und dann nimmst du ihn an den Füßen.«

»Ich meine, wie kriegen wir den hoch bis an die Kante?«

»Wir schieben ihn mit dem Kopf voraus rein. So, genau. Weiter, Germán, noch ein bisschen.«

»Verdammt, ist der schwer …«

»Ist ein großer Kerl, habe ich dir ja gesagt.«

»Hundertzwanzig Kilo, mindestens. Au, mir hats voll einen in die Niere gehauen!«

»Wie lange wirkt das Zeug, das du ihm verpasst hast?«

»Das reicht für mehrere Stunden. Falls nötig, gebe ich ihm noch eine Spritze.«

»Oder du ziehst ihm noch einen über. Er darf auf keinen Fall aufwachen. Vorsicht, er rutscht mir aus den Händen. Achtung!«

»Immer mit der Ruhe. Ich hab ihn. Und jetzt schieb. Gehts?«

»Ja, aber du musst auf deiner Seite auch richtig zupacken.«

»Mach die Klappe weiter auf, Sergio, so passt er nicht rein. Vorsicht mit dem Kopf, so geht das nicht.«

»Was willst du denn, ist doch schon drin. Zieh noch ein Stückchen, und dann deckst du ihn mit den Tüchern dort zu.«

»Okay, und jetzt hau ich ab, dass bloß keiner vorbeikommt und uns sieht.«

»Um die Uhrzeit kommt hier kein Mensch vorbei, das weiß ich genau.«

»Was den Wachmann vorn an der Ecke angeht, hast du jedenfalls recht, der schläft wie ein Säugling. Ich hab ihn gesehen, als ich an seinem Häuschen vorbei bin.«

»Sag ich doch, der hat drei Jobs, und um die Uhrzeit schläft er wie ein Toter.«

»Du hast wirklich alles gut durchdacht.«

»Tja, und jetzt machen wir auch genau nach Plan weiter. Du machst dich also mit Losada im Lieferwagen so schnell wie möglich auf den Weg.«

»Und du lässt seinen Mercedes verschwinden.«

»Genau. Ich denke, ich brauche zwei Tage, bis ich alles erledigt habe, höchstens drei. Dann treffen wir uns im Versteck.«

»Einverstanden.«

»Bist du sicher, dass er nicht aufwacht?«

»Der schläft jetzt erst mal zehn Stunden, mehr oder weniger.«

»Ich will keine bösen Überraschungen!«

»Das Zeug haut die stärksten Typen um.«

»Was ist das denn?«

»Eigentlich ein Schmerzmittel, aber ein superstarkes.«

»Na gut, dann bin ich ja beruhigt.«

»Ich muss gleich seine Frau anrufen.«

»Ja, tu das. Und viel Glück. Fessel den Kerl sorgfältig, wenn du dort bist.«

»Und du sieh zu, dass du schnell den Benz loswirst. Ich erwarte dich im Versteck.«

»Ciao, Germán.«

»Wir sehen uns.«

ZWEITER TAG

I

Eine Zigarette verbreitet ihren Rauch in meinem Wohnzimmer.

Gehalten wird sie von einer zarten Hand – feingliedrige Finger, lange gepflegte und in einem perlmuttfarbenen Ton lackierte Nägel, mehrere Brillantringe, allerdings nicht zu viele, drei oder vier, wie es ihrer Besitzerin angemessen scheint. Die Hand gehört zu einem schlanken wohlgeformten leicht muskulösen und braun gebrannten Arm, und der Arm zu einem ebenso stilvollen und eleganten Körper wie die Hände – schmale Taille, feste Hüften, flacher Bauch, zwei Beine, wie sie nur jemand besitzen kann, der mindestens drei Mal pro Woche ins Fitnessstudio geht, und ein Paar Brüste, die ihre ein wenig übertriebene Festigkeit womöglich einer Operation verdanken. Am Hals hängt ein teures minimalistisches Designerschmuckstück, und der Kopf dazu präsentiert sich mit für eine Vierzigjährige ziemlich straffer Gesichtshaut, mandelförmigen Augen, einer dünnen Schicht Schminke und üppigem dunklem, seidigem, langem, vielfach gewelltem Haar. Die Zigarette wandert in regelmäßigen Abständen zwischen die vollen, im selben Perlmuttton wie die Fingernägel geschminkten Lippen.

Manchmal würde ich die Frau, die gerade in meinem

Wohnzimmer sitzt, am liebsten erwürgen, ihr die Kehle zudrücken, bis ihr Gesicht so blau anläuft wie ihre Augen, immer weiter drücken und zusehen, wie sie nach Luft ringt, stöhnt, und ihr der Sabber über die perlmuttfarbenen Lippen rinnt.

Vergiss es – noch so ein Wunsch der Kategorie »unerfüllbar«.

»Beeilst du dich, Ursula? Um halb neun muss ich im Fitnessstudio sein.«

»Alles fertig, ich habe sehr früh gefrühstückt, weil ich heute Vormittag zum Arzt muss.«

»Der Kaffee ist aber frisch gebrüht, oder?«

Meine Schwester Luz trinkt Kaffee nur »frisch gebrüht«, man darf ihn also erst aufsetzen, wenn sie gerade eingetroffen ist.

»Ja, das heißt, vor einer halben Stunde. Dein Parfüm riecht übrigens nach Bitterorange und Vetiver.«

»Ja? Keine Ahnung, es ist von Ralph Lauren. Los, beeil dich, bitte.«

Luz hat es immer eilig, ständig hat sie tausend Dinge zu erledigen, wofür die vierundzwanzig Stunden des Tages nie ausreichen. Sie arbeitet nicht und führt auch keinen Haushalt, ihre einzige Beschäftigung ist eine Sammlung von Rosen mit allen möglichen exotischen Namen, die eine Gärtnerfirma in ihrem Garten pflegt und mithilfe einer Berieselungsanlage gleichmäßig feucht hält. Ihren riesigen SUV fährt sie selbst und beeilt sich, um jederzeit wo auch immer zu spät einzutreffen.

Ich höre ihr von der Küche aus zu: Nach dem Fitnessstudio geht sie zu einem Hydrokulturkurs, und in ein paar Tagen verreist sie, der Name des Ortes sagt mir nichts, irgendwas in den Anden, zu einer Blumenausstellung mit ganz besonderen Rosen, die lateinischen Bezeichnungen sagen mir erst recht nichts, die Sache mit den Rosen scheint sie jedenfalls noch stärker zu begeistern als alles, wofür sie sich ohnehin schon begeistert.

Ich stelle zwei Tassen und den Süßstoff aufs Tablett und lege Servietten dazu. Dann gehe ich ins Wohnzimmer, wo sie weiterhin ihre lateinischen Fachbegriffe aufsagt. »Sei still, bitte, Luz. Am liebsten würde ich dir das Tablett an den Kopf schmeißen, was für ein Genuss wäre es, zuzusehen, wie dir der Kaffee über das weiße T-Shirt und die helle Hose und zwischen die perlmuttfarben lackierten Zehennägel läuft!«

»Hier, meine Liebe.«

»Hast du keinen anderen Süßstoff?«

»Warum?«

»Der hier enthält Aspartam, das ist krebserregend.«

»Wusste ich nicht.«

»Hast du keinen anderen?«

Ich sage Nein, und sie nimmt sich mehrere Tabletten, rührt den Krebs von morgen in ihren Kaffee von heute, führt die Tasse an den Mund und trinkt von dem Gemisch.

»Morgen ist Tante Irenes Geburtstag«, sagt sie.

»Ja, stimmt. Gehst du zum Friedhof?«

»Ich bin gestern schon hin und habe mich um das Grab gekümmert, ich habe dafür gesorgt, dass es gereinigt und die Bronze poliert wird, und das Unkraut habe ich auch wegmachen lassen. Du warst offensichtlich schon lange nicht mehr dort.«

»Du kennst meine Meinung zu dem Thema.«

»Nein, sag doch mal.«

»Das ist die reinste Nekrophilie.«

»Kann sein, aber mir passt das so. Manchmal glaube ich, ich tue das alles Mama und Papa und Tante Irene zuliebe, manchmal sage ich mir aber auch, dass ich das nur für mich mache, damit ich mit meinem Gewissen im Reinen bin.«

Glücklich, wer mit seinem Gewissen im Reinen ist, nur weil er ein paar Blumen in eine Vase steckt! Ich dagegen habe kein Gewissen, weder ein gutes noch ein schlechtes, und ich habe auch keine Rechnungen mit irgendwelchen Toten zu begleichen, ich schulde ihnen nichts, und sie mir auch nicht. Wir sind quitt, meine geliebten Toten, ihr könnt für immer und ewig in der Hölle schmoren.

»Es war so schrecklich, ich habe es bis heute nicht richtig überwunden. Hast du keine Albträume?«

»Nein, von diesem Tag erinnere ich nichts, das habe ich dir schon oft gesagt. Und ich habe auch keine Träume, weder gute noch schlechte«, sage ich und bereue meine Lüge sofort: »Na ja, manchmal vielleicht.«

»Hast du was von Ricardo gehört?«

»Der muss im Gefängnis sein, wahrscheinlich noch ziemlich lange. Schließlich haben sie ihn wegen Mord verurteilt.«

»Und Mirta, hast du die gesehen? Hat sie sich mal bei dir gemeldet?«

»Auch nicht. Nachdem wir ihr den letzten Lohn und die Abfindung bezahlt haben, ist sie verschwunden. Kurz vor dem Sommer war das, nach den letzten Gerichtsterminen. Mir hat sie erzählt, sie geht nach Punta del Este, weil sie da einen neuen Job hat. Seitdem habe ich nichts mehr von ihr gehört. Ich habe aber auch nichts anderes erwartet, sie dürfte keine allzu große Lust haben, den Leuten über den Weg zu laufen, die sie an die Geschichte erinnern.«

»Eigentlich tut sie mir leid. Zehn Jahre hat sie mit Tante Irene unter einem Dach gelebt, und dann ist das alles schlagartig auf solche Weise zu Ende gegangen.«

Ich nutze die eintretende Stille, um ein paar Flusen von der Armlehne meines Sessels zu zupfen. Alles, was Luz von sich gibt, macht mich rasend. Seit wann ist das so? Ich erinnere mich gerührt an unsere Kinderzeit, da waren wir unzertrennlich. Der Hass muss später gekommen sein.

Luz raucht und trinkt Kaffee. Das Schweigen zieht sich ungewöhnlich in die Länge.

»Woran denkst du?«

»An den Ring, den Irene von ihrer Großmutter geerbt hatte, der ist doch damals verschwunden, weißt du noch? Komisch, dass er nicht bei Ricardos Sachen war.«

»Darüber haben wir schon tausend Mal geredet, Luz, ständig kommst du mit diesem Ring! Der ist nicht verschwunden, ich nehme an, er hat ihn gleich nach der Tat verkauft. Er war ziemlich viel wert.«

»So schnell? Sie haben ihn doch schon zwei Stunden nach dem Mord verhaftet.«

»Was weiß ich, vielleicht hat er ihn gegen Drogen eingetauscht, oder er hat ihn weggeworfen, als er gesehen hat, dass die Polizei kommt.«

»Er hat jedenfalls nie zugegeben, dass er ihn gestohlen hat, das hat mir der mit dem Fall beauftragte Kommissar gesagt.«

»Er hat auch den Mord nie gestanden, wenn du so willst.«

»Stimmt, hat er auch nicht. Wären da nicht die Spuren gewesen …«

Wir verstummen.

»Und, wie gehts Daniel?«, frage ich schließlich.

»Wie immer, er ist sehr beschäftigt, ständig am Arbeiten und Reisen.«

»Spielt er noch Schach?«

»Ja, das ist ja seine große Leidenschaft, gleich nach der Arbeit.«

»Grüß ihn von mir.«

»Du musst mal wieder zu uns kommen, dann grillen wir. Wie wäre es mit morgen?«

»Gut, einverstanden. Danach muss ich aber noch zum Fernsehen, arbeiten.«

»Prima, dann also morgen. Warst du eigentlich auf der Hochzeit von Rocíos Tochter? Ich konnte nicht. Sie soll wunderschön ausgesehen haben.«

Schon seit Längerem unterhalten meine Schwester und ich uns nur noch auf diese idiotische Art und Weise. »Wie gehts dem und dem? Letzte Nacht war es vielleicht heiß! Bestimmt gibts heute ein Gewitter.«

Ich sehe sie an – ob so ein zierliches Persönchen wie sie wohl imstande wäre, auf jemanden zu schießen? Könnte sie den schlanken und doch muskulösen Arm heben, auf ein lebendiges Gegenüber anlegen und abdrücken – peng, peng, peng? Selbst wenn sie dazu fähig wäre, würde ich es niemals erfahren, keinesfalls würde sie von sich aus etwas zugeben, was ihre sorgsam gestylte Erscheinung infrage stellt. Weshalb wir weiter über das Wetter reden und neue Fernsehserien oder die Hochzeitsparty der Tochter von Rocío Borges auf deren luxuriösem Landsitz. Dabei ist Luz kein bisschen dumm, und ich auch nicht, wir haben uns bloß irgendwann auf dieses triviale Ritual eingelassen und können seitdem nicht mehr damit aufhören. Aber ist es tatsächlich so trivial? Manchmal glaube ich, parallel zu unseren banalen Gesprächen verläuft ein unterirdischer Strom, der sich gelegentlich in Gestalt seltsamer Grimassen, einer plötzlichen Verhärtung unserer Stimmen oder unüberhörbarem Sarkasmus Bahn bricht und an der Oberfläche erscheint. Insgeheim führen wir einen unerklärten Kampf, warum, kann ich nicht genau sagen, aber er findet statt. Ich frage mich, ob auch sie das empfindet, ob auch ihr die Trennwand zu schaffen macht, die zwischen uns entstanden ist. Wann hat das angefangen, wann haben wir uns in unsere Festungen zurückgezogen, seit wann verbergen wir unsere wahren

Gedanken hinter leerem Geschwätz? Vielleicht war der Auslöser ja der Tod von Tante Irene.

Der Tod, dieses düstere Wunder – ein Mensch geht in Gedanken versunken die Straße entlang, und im nächsten Augenblick ist er bloß noch ein lebloser Gegenstand, ein kaltes leeres Nichts. Die arme liebe Tante Irene, ein Jahr, sieben Monate und zwölf Tage ist es jetzt her, dass sie ermordet worden ist, seitdem liegt sie als lebloser Gegenstand in einem mit Granitplatten bedeckten Betonverlies, einem Pantheon, umgeben von Blumen, die Luz hin und wieder dort hinbringt. Ihr Körper ist längst verfault, die Würmer haben sich an ihm geweidet, ihn bis auf die Knochen abgenagt, die zuletzt zu Staub zerfallen werden.

Das bist du jetzt also, arme Tante, weniger als nichts.

»Warum gehst du zum Arzt?«

»Nichts Besonderes, Routineuntersuchung. Und du, wann verreist du?«

»In vier Tagen und acht Stunden.«

»Wie lange bist du weg?«

»Eine Woche, ich fahre nach La Paz. Soll ich dich mit dem Auto zum Arzt bringen?«

»Nein, nicht nötig, ich muss vorher noch andere Sachen erledigen.«

»Ich würde ihr ja gerne ein paar Fragen stellen«, sagt Luz unvermittelt.

»Wem?«

»Mirta.«

»Hast du vor, in irgendwelchen alten Geheimnissen rumzuwühlen? Willst du ein Verbrechen aufklären, das längst aufgeklärt ist?«

Ich habe den Eindruck, sie sieht zu viel fern, beschäftigt sich mit zu vielen ungelösten Fällen.

»Nein. Der Mörder sitzt im Gefängnis, da gibt es nichts

mehr aufzuklären. Aber ich hätte sie damals trotzdem gerne ein paar Sachen gefragt, ich bin bloß nicht dazu gekommen.«

»Lass die Dinge, wie sie sind. Habe ich dir eigentlich schon gesagt, dass dein Parfüm nach Vetiver und Bitterorange riecht?«

»Ja, hast du.«

Meine Schwester gibt mir einen Kuss und bricht hastig auf.

2

Das Warten beim Arzt gleicht einem Aufenthalt in der absoluten Leere.

Unmerklich nur verstreicht die Zeit, während ich den Blick gedankenverloren über nichtssagende Möbel und ausdruckslose Gesichter schweifen lasse. Auf einem Couchtisch liegen mehrere Zeitschriften wie *Landlust* oder *Autos aus aller Welt*. Ich nehme sie, blättere darin, lege sie wieder zurück. Aus einem unsichtbaren Lautsprecher rieselt gefällige Musik. Allmählich löse ich mich auf, verschmelze mit den pastellfarbenen Wänden, dem weichen Teppichboden, der lauwarmen Luft aus der Klimaanlage, den sanft liebkosenden Klängen. Vielleicht schlafe ich ein, für eine Sekunde oder zwei, vielleicht für mehrere Minuten, bis jemand plötzlich meinen Namen sagt, ich zucke zusammen, kehre verlegen in die Wirklichkeit zurück, verwirrt, weil ich aus der köstlichen Leere gerissen worden bin, in der ich so gerne für den Rest meines Lebens geblieben wäre.

Die Krankenschwester führt mich in ein hell erleuchtetes, weiß gestrichenes Sprechzimmer, zeigt auf eine Stelle hinter einem Wandschirm und übergibt mir einen Umhang aus Papier. Beim Anblick des Gynäkologenstuhls ergreift mich das gleiche archaische Entsetzen wie beim ersten Mal.

»Ziehen Sie sich aus und streifen Sie das hier über. Und dann legen Sie sich bitte dorthin.«

So folgsam und ergeben, wie nur Patienten beim Arzt sein können, tue ich widerspruchslos, was man mir gesagt hat. Ich ziehe meinen Pullover aus, die Bluse, hake den Büstenhalter auf – Spezialgröße, lässt den Inhalt kleiner wirken –, meine Brüste fallen herab, eine wabblige Masse, zwei Quallen, die sich an meinem Oberkörper festgesaugt haben. Dann ziehe ich Hose und Slip aus. Zuletzt breitet sich der Umhang über meine in der Kühle des Behandlungszimmers zitternde Nacktheit.

Ich strecke den Kopf hinter dem Wandschirm hervor, es ist niemand zu sehen, also husche ich rasch zum Stuhl hinüber, lege mich wie befohlen darauf, ziehe den Umhang zurecht, versuche, das Fleisch zu verbergen, das an den Seiten hervorquillt, obwohl ich weiß, dass das nichts nützt, gleich wird der Arzt kommen und mich erbarmungslos abdecken, sodass die ganze Wahrheit ans Licht kommt.

Die Papierunterlage knistert bei jeder Bewegung, ich spüre, wie sie unter meinem Gewicht nachgibt, sie ist rau, eiskalt und himmelblau. Ich versuche, mich noch besser zu bedecken, möglichst alles, was von meiner Haut zu sehen ist. Unmöglich. Auf dem Rücken liegend, starre ich in den Apparat über mir, der in dem sonnendurchfluteten Raum sein völlig überflüssiges Licht aussendet. Der viele Watt starke Leuchtkörper strahlt mich an, geblendet wende ich den Blick ab und lasse ihn durch den Raum wandern. Um meine Angst zu verdrängen, lege ich in Gedanken eine Liste aller Gegenstände an, die ich vorfinde – ein Schreibtisch, ein Karteikasten, zwei Bilder, drei Stühle. Dann blicke ich wieder nach oben und werde erneut geblendet. Da höre ich, dass die Tür geschlossen wird, gleich danach Schritte, die näher kommen.

»Und, wie gehts Ihnen heute?«

Zögernd antworte ich: »Gut.«

Der Arzt tritt an den Stuhl, jetzt sehe ich bloß noch seinen kurzen weißen Kittel, auf dessen Brusttasche mit blauem

Faden sein Name gestickt ist. Ich rieche sein Rasierwasser – Tabak und Kaffee. Mit einer raschen Bewegung schlägt er meinen Umhang zurück, deckt mich ohne jedes Zartgefühl ab, legt mir die kalte Hand, die in einem Handschuh steckt, auf den Bauch, drückt kräftig zu, presst bald hier, bald da, erkundet mit Nachdruck das Fettgewebe, kneift mich an allen möglichen und unmöglichen Stellen. Es sticht und zwickt, durchfährt mich wie von Stromstößen, die Muskeln ziehen sich zusammen, verkrampfen.

»Au, das tut weh.«

Die Hand macht weiter, tastet mich ab, die Finger gehen um den Nabel herum in Stellung, bohren sich dann in mein Fett, in mein Fleisch.

»Das tut weh«, sage ich noch einmal.

»Bin gleich fertig«, flüstert die Stimme ungerührt.

Jetzt sind die Seiten dran, das Becken, die Finger wandern zurück zur Mitte und dann am Rand der Scham entlang.

»Haben Sie in der letzten Zeit mal wieder einen Pap-Test gemacht? Und eine Mammografie?«

»Ja.«

»Wann?«

»Letztes Jahr.«

»Dann wiederholen wir das jetzt.«

Die Hand macht einen Satz von Süden nach Norden, an den Rand der linken Brust, drückt kräftig an verschiedenen Stellen, an anderen etwas sanfter, presst, presst noch mehr, rückt langsam weiter, hält an. Es tut weniger weh, immer weniger weh, dann überhaupt nicht mehr. Ich hole Luft und rieche Rasierwasser – Tabak, Schokolade, Kaffee. Ich höre sein Atmen und meins. Als Nächstes gleiten die Finger hügelaufwärts, in Richtung der Brustwarze, sie tasten alles einmal ringsherum ab, dann geht es auf der anderen Seite weiter, wieder vom Rand zur Mitte, die Finger suchen, drängen, zunächst kraftvoll, später, zum Zentrum hin, immer leichter. Ich fange an zu schwitzen, ein Schweißtropfen rollt in das Tal zwischen meinen Brüsten. Rechte Warze, kreisförmige Erkundung. Ich atme tief durch, entspanne mich. Jetzt ist es im Zimmer angenehm warm. Mein Körper passt sich der Hand in dem Latexhandschuh an, wird gefügig, lässt sich treiben. Ja, ja, so.

Danach nichts mehr. Schritte, die sich entfernen.

»Jetzt machen wir den Abstrich für den Pap-Test. Locker lassen.«

Ich schließe die Augen. Die Schritte kehren zurück. Ich blinzle kurz, sehe Finger in Gummihandschuhen.

»Locker lassen, immer locker. Schön die Beine breit machen, gleich sind wir fertig.«

Ich gehorche, mache schön die Beine breit, öffne mich, präsentiere mich, stelle mein Inneres zur Schau. Filmszenen fallen mir ein, Vulven in Großaufnahme, rasierte Schamhügel, pralle Lippen, Frauen, die an riesigen Penissen saugen, penetriert werden, sodomisiert, gefesselt, angekettet, die Bilder erregen mich, aber schon bald langweilt mich diese Präsentation von Geschlechtsteilen wie aus dem Biologiebuch, beziehungsweise wie vom Gynäkologenstuhl, während der Arzt weiterhin mein Inneres erkundet. Tief in mir steckt ein kalter, in Gel getauchter, durch Gummi geschützter Finger, der bohrt, sich dreht und wendet, schließlich zurückweicht.

Dann dringt Metall in mich ein, rückt vor, schwillt an.

Kann Metall mitten in einem drin anschwellen? Ein unsägliches Gefühl, ich erstarre vor Angst. Metall und Feuchtigkeit an Pobacken, Oberschenkeln, Waden. Schmerz, Schmerz. Um mich herum wird es dunkel, und ich spüre, dass mir Tränen übers Gesicht rollen. Noch bevor ich reagieren kann, ist die Sache zu Ende, und der Arzt zieht sein

Gerät heraus. Ich kneife die Augen zu, mit aller Kraft, ich will nichts sehen.

»Sie weinen doch nicht etwa? Hat es so wehgetan?«

»Nein, nein, das ist bloß die Aufregung.«

»So schlimm ist das nicht. Und jetzt sind wir fertig.«

Ich weiß nicht, ob ich aufstehen oder lieber noch warten soll, vielleicht macht sich ja gleich ein weiterer Finger auf den Weg in mein Inneres.

»In Ihrer Krankenakte steht, dass Sie bei einem Ernährungsspezialisten in Behandlung sind.«

»Stimmt.«

»Seit wann denn?«

»Seit etwas mehr als einem Jahr.«

Der Arzt geht zum Schreibtisch, setzt sich die Brille auf, greift nach einem Ordner, blättert darin herum. Schließlich sagt er: »Hier steht, dass Sie schon seit über vier Jahren dort sind.«

»Na gut, vier.«

»Ich werde Sie mal wiegen.«

Jetzt kommt also der unvermeidliche Tritt auf die Waage, begleitet von Kopfschütteln und Ermahnungen, dann die Standpauke, die jedoch folgenlos bleibt und kurz und knapp ausfällt, schließlich sitzen noch viele andere Patienten im Wartezimmer des Herrn Doktor. Einmal mehr die gerunzelte Stirn und die ernste Warnung, siebenunddreißig, maximal vierzig genau bemessene Sekunden lang, ich senke den Blick, starre auf die Anzeige der Waage und lasse es über mich ergehen.

»Na gut, dann ziehen Sie sich mal wieder an.«

Folgsam wiederhole ich hinter dem Wandschirm die einige Minuten zuvor absolvierte Prozedur, diesmal in umgekehrter Reihenfolge. Zuletzt ziehe und zupfe ich alles sorgfältig zurecht. Fettleibigkeit wirkt wie von selbst schlampig,

Frauen wie ich müssen etwas dagegen unternehmen, für Ordnung sorgen, sich umso gepflegter präsentieren. Frauen wie ich müssen sich hinter Stoff verbergen, hinter weiten Falten, müssen unter ihrer Kleidung verschwinden.

Den Umhang lasse ich auf einem Stuhl liegen, trete hinter dem Wandschirm hervor, setze mich dem Arzt gegenüber an den Schreibtisch und warte auf mein Urteil.

Als Nächstes kommen alle möglichen Untersuchungen, Kontrollen, Analysen. Meiner Adipositas wird mithilfe von Ultraschall, Tomografie und Mikroskop auf den Leib gerückt werden.

»Wir lassen jetzt ein paar Routinechecks machen. Kommen Sie in ein paar Tagen mit den Ergebnissen wieder her.«

Die Diagnose steht ohnehin fest: Ich bin dick.

3

Wo bin ich? Ist hier jemand? Ich höre Schritte, bitte, sagen Sie was!«

»Immer mit der Ruhe, wenn Sie mit uns zusammenarbeiten, passiert Ihnen nichts.«

»Wer sind Sie? Warum bin ich hier? Au, mein Kopf!«

»...«

»Um Himmels willen, sagen Sie was.«

»Bitte, beruhigen Sie sich.«

»Wer sind Sie? Wo bin ich? Warum bin ich hier?«

»Wenn Sie sich ruhig verhalten und mit uns zusammenarbeiten, passiert Ihnen nichts.«

»Bitte, lockern Sie die Fesseln an meinen Händen, die sind schon ganz steif. Und die Knöchel tun mir auch weh. Haben Sie mir die Füße zusammengebunden? Muss das sein?«

»Ruhe, hab ich gesagt.«

»Das Eisen von diesen Handschellen, oder was auch immer das ist, schneidet mir ins Fleisch, Sie glauben gar nicht, wie unangenehm das ist. Bitte, nehmen Sie mir die Dinger ab.«

»Wir müssen sicher sein, dass Sie nicht abhauen können.«

»An den Händen ist es noch schlimmer. Und mein Kopf – das halte ich nicht aus! Ich bin verletzt. Ist es eine schlimme Verletzung?«

»Beruhigen Sie sich, da ist gar nichts. Ich lockere die Fesseln jetzt ein bisschen. Ist es so gut?«

»Nein. Was heißt hier gut? Wie soll es mir gut gehen, wenn meine Hände gefesselt sind und meine Augen verbunden? Mir ist schwindlig, und ich habe wahnsinnige Kopfschmerzen! Bitte, noch ein bisschen lockerer.«

»Mal sehen. So. Ist es jetzt besser? Wir bemühen uns, Ihnen so wenig Unannehmlichkeiten zu bereiten wie möglich.«

»Wer sind Sie? Warum bin ich hier?«

»Wer ich bin, spielt keine Rolle. Regen Sie sich nicht auf, alles wird gut.«

»Ich kenne Ihre Stimme. Kenne ich Sie irgendwoher?«

»Nicht dass ich wüsste.«

»Doch, doch, jetzt weiß ich es wieder. Sie sind der Polizist, der meine Papiere sehen wollte.«

»...«

»Sagen Sie was, bitte. Es ist schrecklich, wenn man nichts sehen kann, da bekommt man richtig Angst. Warum bin ich hier? Sie haben mich geschlagen und gefesselt.«

»Ich sags noch mal: Beruhigen Sie sich, bitte!«

»Das ist eine Entführung. O Gott, Sie haben mich entführt!«

»Es wird nicht lange dauern, das verspreche ich Ihnen, wir lassen Sie bald wieder frei. Wenn alles gut geht.«

»Was heißt das – wenn alles gut geht? Machen Sie mir nicht noch mehr Angst.«

»...«

»Au, mein Kopf tut wahnsinnig weh.«

»Das geht vorbei, ein bisschen Geduld, bitte.«

»Ich muss eine Riesenprellung haben, ganz bestimmt. Ich spüre einen stechenden Schmerz.«

»Wenn Sie sich so aufregen, tut es nur noch mehr weh.«

»Woher haben Sie Ihre Weisheiten? Lassen Sie mich bloß in Ruhe mit Ihrem Gerede.«

»Das ist kein Quatsch. Wenn Sie sich aufregen, spannen Sie die Muskeln an, und das verstärkt den Schmerz.«

»Entschuldigen Sie, wenn ich frage, aber: Sind Sie Arzt?«

»Über mich persönlich sage ich Ihnen bestimmt nichts.«

»Und mir das Tuch von den Augen nehmen können Sie auch nicht, nehme ich an.«

»Genau.«

»Sie haben ja keine Ahnung, wie schrecklich das ist, wenn man nichts sehen kann. Außerdem bringt das nichts, ich hab Sie ja schon gesehen. Wozu verbinden Sie mir da die Augen?«

»Wir können nicht zulassen, dass Sie den Raum sehen, in dem wir sind, Sie könnten den später wiedererkennen. Und meinen Partner dürfen Sie auch nicht zu Gesicht bekommen.«

»Und wie lange soll das alles dauern?«

»Darüber wollten wir gerade mit Ihnen sprechen. Wir müssen Ihre Frau kontaktieren, ich habe sie vorhin angerufen, und da hat man mir gesagt, dass sie umgezogen ist.«

»Stimmt, Ursula und ich, wir haben uns vor Kurzem getrennt. Sie wohnt nicht mehr mit mir zusammen.«

»Ach, tatsächlich – so ein Pech!«

»Pech? Für wen? Für mich? Von wegen, mir hätte gar nichts Besseres passieren können!«

»Pech für uns, meine ich. Jetzt brauchen wir ihre neue Nummer, damit wir uns mit ihr in Verbindung setzen können.«

»Au, die Stelle muss stark geschwollen sein, vielleicht blute ich da sogar. Mir ist schlecht, und mir ist furchtbar schwindlig.«

»Jetzt hören Sie mal zu, wir müssen mit Ihrer Frau sprechen, mit Ursula. Geben Sie mir ihre Nummer, damit ich sie anrufen kann.«

»Ja, ich glaube, ich blute an der Schläfe, und oben am Kopf fühlt es sich auch feucht an. Können Sie sich das mal anschauen? Ich muss furchtbar aussehen. Au, tut das weh!«

»Ich gebe Ihnen gleich ein Aspirin. Und, wo wohnt sie jetzt? Die Adresse müssen Sie doch wissen.«

»Sie ist in eine Wohnung in Pocitos gezogen. Das muss wirklich schrecklich aussehen, vielleicht muss die Stelle genäht werden.«

»Nein, so schlimm ist das nicht. Wenn Sie wollen, lege ich ein Stück Gaze drauf und klebe das Ganze mit Leukoplast fest. Gleich bekommen Sie erst mal Ihr Aspirin und ein Glas Wasser. Wie ist denn die neue Telefonnummer?«

»Ein Aspirin? Haben Sie nicht was Stärkeres? Was gegen Entzündungen wäre das Mindeste.«

»Nachher besorge ich Ihnen was. Oder mein Partner, falls er heute noch eintrifft.«

»Von was für einem Partner reden Sie dauernd? Ich habe bloß Sie gesehen, und jetzt höre ich auch nur Sie. Außer uns ist hier niemand.«

»Sie werden ihn schon noch hören, nachher, oder sonst morgen, sobald er eben eintrifft.«

»Sie haben mich geschlagen, ich erkenne Ihre Stimme wieder. Sie haben so getan, als wären Sie Polizist. Und irgendwelche anderen Stimmen habe ich nicht gehört.«

»Das werden Sie schon noch, mein Partner kommt heute oder morgen, wie gesagt. Also, noch mal, geben Sie mir jetzt die Telefonnummer Ihrer Frau?«

»Ich weiß sie nicht, ich kann mich nicht daran erinnern. Sie möchte ich mal sehen, mit so einer Wunde am Kopf geistige Akrobatik betreiben … Im Augenblick weiß ich nicht mal mehr, wie meine Mutter heißt. Wahrscheinlich habe ich eine schwere Gehirnerschütterung. Sie haben ja keine Ahnung, wie weh das tut.«

»Jetzt übertreiben Sie mal nicht, so schlimm kann das nicht sein. Außerdem, glauben Sie mir: Wir wollten Ihnen nicht wehtun, für uns war nur wichtig, dass Sie keine Schwierigkeiten machen, beim Abtransport, meine ich.«

»Warum wollen Sie mir die ganze Zeit einreden, Sie wären zu zweit? Vielleicht bilden Sie sich ja einfach nur ein, Sie hätten einen Partner …«

»Glauben Sie, was Sie wollen. Sobald er hier ist, werden Sie ihn hören können – wenn Sie ihn schon nicht zu sehen bekommen.«

»Mir ist schlecht. Au, mir platzt gleich der Schädel.«

»Geben Sie sich ein bisschen Mühe, dann wird Ihnen die Nummer schon wieder einfallen.«

»Können Sie mir nicht wenigstens die Fußfesseln abnehmen?«

»Nein, tut mir leid. Die Telefonnummer? Erinnern Sie sich immer noch nicht?«

»Ich sag doch: Nein. Das ist eine neue Nummer, die kann ich nicht auswendig, sehen Sie doch im Telefonbuch nach, oder rufen Sie bei der Auskunft an, die haben sie bestimmt.«

»Wie ist denn der Geburtsname Ihrer Frau?«

»López. Sie heißt Ursula López. Damit können die Ihnen bei der Auskunft bestimmt weiterhelfen. Und jetzt holen Sie mir bitte ein Schmerzmittel, und auch was gegen Entzündungen, aber schnell, mir ist schwindlig, ich glaube, gleich werde ich wieder ohnmächtig.«

4

Nous ne sommes pas de ce monde
ne sommes pas de ce pays
sommes pas de ce village
pas de cette rue

Ich sitze am Computer und arbeite, übersetze, versuche, eine Sprache ungehindert und ohne den Sinn oder die Empfindungen, die die Worte auslösen, zu verändern, in eine andere gelangen zu lassen. Gelingt mir das? Manchmal ja, dann aber habe ich wieder das Gefühl, dass mich die Inspiration verlässt, so wie jetzt, und mein Geist abschweift, davonfliegt wie ein Vogel, wie ein vertrocknetes Blatt, das sich dem Wind hingibt. Ich bin einfach nicht immer Herr meines Bewusstseins, sage ich mir.

Heute ist der 10. April, dein Geburtstag, Irene, dein Geburtstag, wenn du immer noch Geburtstag feiern würdest. Wärst du noch am Leben, würdest du heute fünfundsechzig. Wie oft haben wir zusammen Geburtstag gefeiert? Ich erinnere mich noch an die vornehmen Empfänge in deinem makellos weißen, lichtdurchfluteten Haus mit den Bauhaus-Möbeln und eleganten amerikanischen Gemälden, »Neue Figuration«, wie du lässig erklärtest. Du selbst warst nicht weniger elegant, wenn du ganz im Stil von Jackie Kennedy an der Tür standst und die Gäste empfingst, schlank und wohlkalkuliert schlicht gekleidet, in der Hand einen raffinierten Drink.

An meine Geburtstage und an die meiner Schwester erinnere ich mich auch, stinknormale Kindergeburtstage, bei denen es laut und ordinär zuging, Luftballons und Geschrei, platt gedrückte Sandwiches, lebensmittelchemiebunte Torten und klebrige Limonadeflecken auf dem Boden.

»Und, was sagt man da zu Tante Irene?«

Während ich das Papier zerriss, fragte ich mich, wie ich mich bei dir für etwas bedanken solle, was ich noch gar nicht gesehen hatte und wovon ich nicht wusste, ob es mir überhaupt gefallen würde. Die Benimmregeln meines Vaters nahmen weder auf solche Bedenken Rücksicht noch auf Folgerichtigkeit. Wichtig war bloß, dass ich im vorgesehenen Augenblick das erwünschte Wort zu dir sagte, die Losung, die es mir wie die Zauberformel Sesam-öffne-dich erlauben würde, mich weiter an dem goldfarbenen Geschenkpapier und den Satinschleifen zu schaffen zu machen. Wenn ich das Geschenk dann endlich von seiner Verpackung befreit hatte und gierig wie Pandora ihre Büchse mit angehaltenem Atem und ohne zu blinzeln die Schachtel öffnete, kam für gewöhnlich ein mal längeres, mal kürzeres, mal besticktes, mal mit Spitzen besetztes Seiden- oder Satinnachthemd daraus hervor. Und wenn ich das weiche, luxuriöse und völlig unpassende Stück dann in der Hand hielt, bereute ich innerlich tausend Mal den gerade erst ausgesprochenen Dank.

»Wie schön, Ursula liebt Nachthemden«, sagte Papa, wenn sich mein Schweigen allzu sehr in die Länge zog.

»Ich habe es eine Nummer größer genommen, in der letzten Zeit wächst sie ziemlich, oder? Sie sieht bestimmt entzückend darin aus.«

Dann schlosst ihr beiden euch in Papas Arbeitszimmer ein, um Rechnungen durchzusehen, und mir fiel die Aufgabe zu, einen wolkigen Berg Seidenpapier und einen Pappkarton zu entsorgen, der die Leiche eines Nachthemds beherbergt hatte.

Eine Zeit lang schenktest du mir dann immer Bücher, was großartig hätte sein können, las ich damals doch so gut wie alles, was mir in die Hände fiel. Du hast es aber geschafft, jedes Mal irgendwelche dicken Wälzer über Orchideen oder vom Aussterben bedrohte Tierarten Nordozeaniens anzuschleppen, die ich nach kurzem Durchblättern unter deiner Aufsicht in eins der Regalfächer stellte, die für meine Bücher vorgesehen waren, um es nie wieder hervorzuholen. Erst neulich stieß ich auf eine Kiste mit all diesen Schinken und bemerkte zum ersten Mal, dass das Orchideenbuch eine Widmung von dir enthält. In deiner fließenden und formvollendeten Schrift steht dort: »Meiner wunderschönen kleinen Grammatophyllum Speciosum. In Liebe, Tante Irene.« Die lateinische Bezeichnung sagte mir nichts, als ich sie jedoch mithilfe des Registers nachgeschlagen hatte, wusste ich Bescheid: »Grammatophyllum Speciosum, auch unter dem Namen Tiger-Orchidee bekannt. Die größte Orchideenart der Welt. Einzelne Exemplare können mehrere Meter hoch und bis zu einer Tonne schwer werden.« *Touché*, liebe Tante, auch nach dem Tod bist du noch imstande, zielsicher zuzustoßen.

Ich sags doch:

Nous ne sommes pas de ce monde
ne sommes pas de ce pays

Aber wie hat das alles angefangen? Das frage ich mich immer wieder.

Am Anfang stand dein ästhetisches Credo. Ich entwickelte mich, du starrtest mich von der gegenüberliegenden Tischseite aus mit aufgerissenen Augen an, wandtest dich dann

Papa zu und flüstertest ihm etwas ins Ohr, woraufhin er den Inhalt eines der bereits auf dem Tisch stehenden Schälchen mit Eis in den Behälter zurückgab. Während alle Übrigen anschließend ihr Sorbet verzehrten, saß ich ohne Schälchen da und spürte, wie die Nähte meines gelben Oberteils platzten, der Bund meiner Jeans sich öffnete, mein Wollpullover sich über den Brüsten dehnte, die Blusenknöpfe absprangen, die Arme anschwollen und den Jackenstoff sprengten, bis zuletzt der Bauch triumphierend aus dem zerrissenen Rock quoll. Die schlanke schöne Luz dagegen erfüllte die Erwartungen der Familie und schlürfte ihr Eis mit der Seelenruhe, die der Gehorsam einem verleiht.

Jahre später hielt ich meinem Vater bei einem besonders heftigen Streit vor, dass er, was die Geschenke und die Essverbote anging, die ganze Zeit dein Komplize gewesen sei und meine ständigen Demütigungen mit verschuldet habe. Er bestritt, dass böse Absicht im Spiel gewesen sei, weder er noch du seien in irgendeiner Weise verantwortlich, sein Rechtfertigungsversuch fiel jedoch für seine Verhältnisse ungewohnt leidenschaftslos und gleichgültig aus, und danach führte er auch die eigentliche Diskussion nicht fort, bei der es nur am Rande um das Thema Essen gegangen war.

Wenn ich jetzt daran denke, scheint mir jedoch, dass das Ganze früher angefangen hat, viel früher. Mamas Tod, und ausgerechnet dann, in diesen Monaten der Verwirrung, Einsamkeit und Verlorenheit, musstest du, Tante Irene, ein Stipendium in Paris annehmen und Papa überstürzt eine unaufschiebbare Geschäftsreise antreten. Als ich ein paar Jahre danach einmal nach einer Schere suchte – du selbst hattest mich darum gebeten –, stieß ich auf die Fotos in einer der Schubladen deines Schreibtischs, ihr beide zusammen in Europa, lächelnd in Rom, Bier trinkend in München, Arm in Arm unter dem Eiffelturm. Papa, der nie auf einem Foto erscheinen wollte, war plötzlich auf einem ganzen Dutzend Bildern zu sehen. Wie in einer billigen Seifenoper kamst du genau in diesem Augenblick ins Zimmer und warst wenigstens so anständig, das Offensichtliche nicht zu leugnen. Als du mich mit all den Fotos in der Hand dastehen sahst, breitetest du bloß mit geöffneten Händen die Arme aus, zogst die Brauen hoch und verzogst die Lippen zu einer Grimasse, die eine Entschuldigung, aber auch ein Lächeln sein konnte.

Doch alles vergeht, alles, und im Lauf der Jahre bin ich dick geworden, und du alt, liebe Tante Irene, und zwischen uns hat sich überraschenderweise eine Pax Romana eingestellt, die bis zu deinem Tod gehalten hat.

Ich wende mich wieder dem Text zu, der Stelle, wo ich mich vorhin selbst unterbrochen habe:

Nous ne sommes pas de ce monde
ne sommes pas de ce pays
sommes pas de ce village
pas de cette rue.

Stimmt, ich bin nicht von dieser Welt, das war ich noch nie. Und alles, was ich unternommen habe, um dazuzugehören, selbst die schlimmsten Dinge, hat mich zuletzt nur zum Ausgangspunkt zurückbefördert, wo ich so allein bin wie eh und je.

5

Montevideo, 19. April
Sehr geehrte Nachbarin aus Wohnung 602,
ich wende mich an Sie wegen eines akustischen Problems, unter dem ich seit Ihrem Einzug zu leiden habe. Unmittelbarer Auslöser dieses Problems sind die Schuhe, in denen Sie sich durch Ihre Wohnung bewegen, und zwar bei Tag wie auch bei Nacht, ja, manchmal sogar spätnachts.

Seit fast drei Monaten machen sich die Absätze Ihrer Schuhe nun schon auf störende Weise in meinem Leben bemerkbar. Ob Sie bloß ein Paar oder ein Dutzend oder vielleicht auch hundert Paare davon besitzen, ist mir unbekannt, ebenso, ob sie schwarz, rot oder blau sind, und was die Größe angeht, könnte sie genauso gut 35 wie 40 sein. Ich kann Ihnen jedoch versichern, dass ich das Geräusch, das sie auf dem Parkettboden Ihrer Wohnung hervorrufen, inzwischen wohl an jedem noch so entlegenen Punkt dieser Erde augenblicklich wiedererkennen würde.

Im Namen eines für beide Seiten, insbesondere aber meine Nerven, ersprießlichen akustischen Zusammenlebens bitte ich Sie, künftig Hausschuhe, Pantoffeln, Schlappen oder Schuhe mit Gummi-, Filz- oder Kunststoffsohle – oder Sohlen aus einem anderen weichen Material – zu benutzen, um das lästige Geklapper, das seit Ihrer Ankunft meine Ruhe stört, zu beenden.

Vielen Dank für Ihr Verständnis,
mit freundlichen Grüßen
die Nachbarin aus Wohnung 502

PS: Sollten Sie sich für Filzpantoffeln entscheiden, kann ich die Marke »Thermosohl« sehr empfehlen, zu unserem beiderseitigen Nutzen – für Sie, was die Behaglichkeit, und für mich, was die häusliche Ruhe angeht.

PPS: Der Lärm letzte Nacht war ein wenig übertrieben, wenn ich mir diese Offenheit erlauben darf.

6

Im Traum betrete ich eine fremde Wohnung, nicht meine, in der ich liege und schlafe, sondern einen lichtdurchfluteten, blendend weiß gestrichenen, sparsam möblierten Ort. Ich wandere durch helle, elegant gestaltete Räume, bleibe immer wieder stehen und lausche, gehe dann weiter, geräuschlos wie eine Katze, bis ich zu einer angelehnten Tür am Ende eines Flurs gelange. Ich nähere mich dem erleuchteten Spalt und spähe hindurch.

Während ich reglos dastehe, begreife ich auf einmal, dass ich schlafe. Mein Atem wird keuchend, ich schwitze an Händen, Nacken und Stirn. Ich würde so gerne die Tür vor mir aufstoßen, wenigstens ein paar Zentimeter, damit ich mehr sehen kann. Es gelingt mir aber nicht, und so verstreicht der Traum, bis ich irgendwann erwache und mich im Bett aufsetze. Mir ist klar, dass ich wach bin, weil ich Kopfschmerzen habe, wie wenn ich aus einem Albtraum zurückkehre. Ich fühle mich, als stünde ich unter Drogen, und versuche, mich daran zu erinnern, ob ich beim Hinlegen ein Schlafmittel genommen habe. Als ich aufstehen will, wird mir schwindlig, und ich sinke rücklings auf die Matratze.

Ich weiß nicht, wie spät es ist, durch die Ritzen in der Jalousie dringt kein Licht, es könnte zwei Uhr nachts, aber ebenso kurz vor Tagesanbruch sein. Ich habe schreckliche Angst vor durchwachten Nächten, wenn ich nicht schlafen kann, werde ich mutlos und niedergeschlagen.

In der Ferne ist eine Sirene zu hören, das kann ein Krankenwagen oder die Polizei sein. Das Geräusch kommt näher, bewegt sich womöglich auf unsere Straße, unseren Block zu. Es kündigt Krankheit, Gefängnis oder Tod an.

Die Wohnung aus meinem Traum kehrt zurück, die stillen weißen Zimmer, der Flur, diesmal sehe ich, wie ich mich verstecke, dann geht Mirta auf Zehenspitzen an mir vorbei bis zu der Tür am anderen Ende, die in den Garten führt, sie schaltet die Alarmanlage aus, die seit dem Einbruch vor ein paar Monaten immer zur Siestazeit angestellt wird. Sie gibt den Zahlencode ein, öffnet geräuschlos, und draußen steht schon Ricardo, der jetzt, wie verabredet schweigend, hereinkommt.

Ich strecke den Kopf vor, sehe, wie sie sich küssen und berühren, er knöpft ihr die Bluse auf, hebt ihren Rock an, streicht ihr über die Pobacken, Mirta lässt die Hand über die immer größere Ausbuchtung an seinem Reißverschluss gleiten, sie atmen heftig, aber immer noch ohne jedes Geräusch, denn am anderen Ende des Hauses hält Irene ihren Mittagsschlaf. Wie jeden Tag. Irenes Zimmer ist weit entfernt, aber trotzdem müssen sie vorsichtig sein, die Hausherrin hat einen leichten Schlaf und ist schon öfter früher als erwartet aufgestanden, Ricardo musste sich dann verstecken und Mirta hastig ihre Kleider ordnen. Das weiß ich, weil ich es gesehen habe. Jetzt zieht Ricardo einen kleinen Umschlag hervor, holt mit dem Finger ein weißes Pulver heraus, snifft es und leckt den Rest ab. Er lacht geräuschlos, bleckt die Zähne, sieht Mirta in die Augen. Ich verfolge aus meinem Versteck ihr erotisches Spiel, das weitergeht, während sie Mirtas Zimmer ansteuern, wobei weder ihre Zungen noch ihre Finger zur Ruhe kommen. Sie gehen hinein, Mirta lässt die Tür jedoch angelehnt, wie immer, für den Fall, dass aus der Richtung von Irenes Zimmer etwas zu hören ist. Langsam komme ich näher, stoße die Tür ein paar

Millimeter weiter auf, und habe so ausreichend freie Sicht. Ricardo zieht sich die Hose aus und liegt schon im nächsten Augenblick auf dem Bett, Mirta steigt vorsichtig aus dem Rock und setzt sich dann auf Ricardo, reitet auf ihm und öffnet dabei in einem langsamen Striptease die letzten Blusenknöpfe. Er greift roh nach ihren Brüsten, zerrt sie aus dem Büstenhalter, presst ihre Brustwarzen, zwingt Mirta, sie ihm in den Mund zu schieben, er beißt darauf herum, bis sie vor Schmerz fast schreit, dann jedoch fängt sie an zu stöhnen. Mirta dreht und wendet sich, rutscht auf seinem Schwanz herum, von dem sie nur noch durch ihren Tanga getrennt ist, irgendwann schiebt sie das winzige Stück Stoff zur Seite und lässt Ricardo in sie eindringen.

Keuchend vögeln sie, und ich keuche auch, geräuschlos, das Gesicht an den Türspalt gepresst, im Haus meiner Tante, und während ich jetzt auf dem Rücken in meinem Bett liege, fange ich erneut an zu keuchen.

Irgendwann lassen sie voneinander ab, strecken sich, das Gesicht zur Decke gewandt, aus, die Zeit verstreicht, und ich, im dunklen Flur, lausche aufmerksam auf jedes Geräusch. Ricardo kehrt als Erster aus dem Dämmer zurück, zieht Mirta wieder zu sich, ergreift ihre Pobacken, und sie dreht sich folgsam um, lehnt sich mit dem Rücken an Ricardos Brust, stützt sich auf die Hände, hebt den Hintern an und reibt ihn an seinem Schwanz, er versetzt ihr einen Stoß, sie bleibt keuchend vor ihm liegen, das Gesicht in den Laken, hebt erneut den Hintern an, er packt sie mit einer Hand an den Brüsten, zerrt mit der anderen den Slip zur Seite und dringt mit roher Gewalt in sie ein.

Keuchend vögeln sie, und ich keuche auch.

Von der Schlaflosigkeit in Schach gehalten, denke ich schließlich darüber nach, welcher Teil meiner Erinnerungen der Wirklichkeit und welcher meinen Träumen entstammt.

In Irenes weißem Haus schließt Mirta für einen Moment die Augen, nur für ein paar Minuten, wie immer, und schläft sofort ein. Ich höre ihre kräftigen Atemzüge, manchmal ein leises Schnarchen.

Ricardo wirft einen Blick auf die Uhr und steht auf – normalerweise macht er sich gleich wieder davon. Er zieht sich hastig an, holt noch einmal den kleinen Umschlag aus der Tasche, steckt den Finger hinein und streicht sich das Pulver anschließend in die zuckenden Nasenlöcher, einmal, zweimal, dreimal. Er bemerkt, dass die Nachttischschublade offen steht, etwas blitzt darin, er tritt näher, zieht es heraus. Es ist der Revolver, den Irene nach dem Überfall vor ein paar Monaten gekauft hat. Er nimmt ihn in beide Hände, spielt am Abzug, spürt sein Gewicht und die Kraft und die Macht, die von ihm ausgehen. Dann richtet er ihn auf die schlafende Mirta, zielt auf ihren Kopf, lacht laut auf, aber auch davon wird sie nicht wach. Die Waffe weiterhin mit zwei Händen haltend, geht Ricardo in die Knie und dreht sich um hundertachtzig Grad. »Peng, peng, peng«, ruft er. Dann bläst er in den Lauf und lacht. »Peng, peng, peng«, ruft er noch einmal, legt die Waffe auf den Nachttisch, holt erneut den Umschlag heraus, snifft den letzten Rest des Inhalts, knüllt das Papier zusammen und wirft es auf den Boden. Er sieht wieder auf die Uhr, dann zur Tür. Der Revolver liegt weiterhin auf dem Nachttisch. Geräuschlos ziehe ich mich ins Badezimmer zurück.

Ich höre, wie Ricardo aus Mirtas Zimmer kommt, auf Zehenspitzen geht er jetzt nicht mehr.

Ich warte ab, bis er die Haustür hinter sich hat zufallen lassen, verlasse das Bad, gehe auf Zehenspitzen in Mirtas Zimmer, ziehe ein Tuch aus meiner Tasche und umwickle damit vorsichtig den Revolver. Mirta schnarcht jetzt sehr laut, und ich weiß genau, was ich gleich tun werde. Ich werde zu Irenes Zimmer gehen und die Tür aufmachen. Ich werde sie in ihrem weiß bezogenen Bett schlafen sehen, den Geruch nach Lilie und weißem Moschus wahrnehmen, mir gerührt ihrer Schutzlosigkeit bewusst werden, woraufhin mir eine Träne über die Wange rollen wird, während ich mir sage, dass ich einst bewegt an diesen Moment zurückdenken werde. Dann werde ich noch eine kurze Weile zusehen, wie sie arglos Siesta hält, und mir schließlich sagen, dass auch dieser Augenblick vergehen wird wie eine Träne im Ozean. »Zeit, zu sterben«, murmele ich traurig und mache mich auf den Weg.

An dieser Stelle verdichtet sich der Traum, heftige Gefühle schlagen mich in ihren Bann, wühlen mich auf, beim Aufwachen jedoch verspüre ich einen inneren Frieden wie kaum je im Wachzustand.

DRITTER TAG

I

Ich drücke auf den in der Wand neben dem hohen Gitter verborgenen Klingelknopf, eine Kamera nimmt mich ins Visier und überträgt mein Bild wer weiß, wohin, das Eisentor bewegt sich langsam von rechts nach links, vor mir tun sich der Park und der perfekte Kiesweg auf, die üppigen Bäume, das riesige weiße Haus und davor der Teich mit den Kois. Ich versuche, mich zu erinnern, ob ich intakte Strumpfhosen angezogen habe, werfe einen Blick in den Rückspiegel, um zu überprüfen, ob es an meinen Zähnen oder meinem Haar irgendetwas auszusetzen geben könnte, ziehe mir noch einmal rasch die Lippen nach. Dann lege ich den ersten Gang ein und fahre zwischen den zwei exakt parallel angepflanzten Kasuarinenreihen hindurch. Einmal mehr frage ich mich, warum Luz ihr Studium der Agrarwissenschaften nicht beendet hat – ihr Garten ist das Werk von jemandem, der offensichtlich sein Talent vergeudet hat. Ich lasse das Auto am Fuß der Eingangstreppe stehen und steige die weißen Stufen hinauf, oben angekommen, öffne ich die jederzeit unverschlossene Tür.

In Luz' Haus fließt das Geld in Strömen, schwemmt hier ein kostbares Gemälde an, hinterlässt dort einen Satz edle Deckenleuchten, breitet sich als luxuriöser Wollteppich über dem Boden aus, und so geht es immer weiter. Aus einem Haus werden auf diese Weise viele Häuser mit lauter unterschiedlichen Interieurs, denn wer etwa vom Garten aus hereinkommt, betritt einen Salon mit feinstem Lapacho-Parkett, dessen Anblick sich beim Ersteigen der eindrucksvoll gestalteten Treppe auf überraschende Weise verändert. Eine breite imposante Treppe ist aber nur eine der Ausdrucksformen, mit denen das Geld sich in einem Wohnhaus zur Geltung bringen kann, mit dazu gehören die Verwendung teurer Tropenhölzer, ausgefallenes Design und kunstvoll schlichte oder auch protzige Alltagsgegenstände.

»Ursula, wie schön, dich zu sehen.«

Luz drückt mich fest an sich, und die Umarmung lässt die alten Vorwürfe und Missverständnisse in weite Ferne rücken. Wundersamerweise hat die Liebe zu meiner Schwester all die Verwerfungen der Vergangenheit überlebt.

Wir gehen quer durchs Haus und in einen Teil des Gartens, wo Luz' Mann sich bereits an einem gigantischen Grill zu schaffen macht. Mein Schwager kommt mit ausgebreiteten Armen auf mich zu, ergreift meine Hände, küsst mich auf die Wange und macht eine freundliche Bemerkung über mich beziehungsweise meine Kleidung. Er hat üppiges, teilweise ergrautes Haar und ist angezogen wie ein Unternehmenschef am Wochenende, was er ja auch ist, zugleich allerdings auch der Eigentümer des Unternehmens. Insgesamt sieht er aus wie einer Anzeige für Luxusautos, Lebensversicherungen oder exklusive Gated Communities aus einem Hochglanzmagazin entsprungen.

»Was möchtest du trinken, Ursula?«

»Wein, Whisky, das Gleiche wie ihr.«

»Deine Schwester trinkt stilles Mineralwasser.«

»Also für mich bitte alles außer stilles Mineralwasser.«

Ich sehe zu, wie er mir den gleichen Drink mixt, der auch

in seinem Glas ist, eine von reichlich Campari dunkelrot gefärbte Flüssigkeit, der er mehrere Eiswürfel und ein Stück Orangenschale hinzufügt. Sein strahlend weißes Lächeln zeigend, überreicht er mir mein Glas, die Hemdärmel hat er bis über die goldene Uhr aufgekrempelt, seine Arme in einer anderen Weltgegend knackig braun werden lassen.

»Voilà!«

»Merci, Monsieur.«

Wir stoßen an, auch mit Luz, die uns zur Feier des Tages ihr Wasserglas entgegenhält.

»Auf uns«, sagt Daniel.

»Auf alle«, erwidert meine Schwester.

Der Alkohol gleitet mir die Kehle hinab, entfaltet seine Wirkung, indem er sich mit meinem Blut mischt. Ich nehme noch einen Schluck und sehe mich um.

Es muss grandios sein, die beiden zu sein, es muss unglaublich sein, meine Schwester zu sein, ihr Mann, dieses Haus zu besitzen, nackt in so einem Pool zu schwimmen. Ich möchte wie die beiden sein, pures Licht, ohne irgendeinen Schatten, ich möchte auch eine Designertreppe und einen Rosengarten. Ich trinke noch mehr, und die Zeit setzt sich sanft in Bewegung.

Mein Schwager spricht über Kunst und Politik, so herablassend, wie es sich nur jemand leisten kann, der jederzeit sagen kann, was er will, auch unangenehme Dinge – weil er es gut mit uns meint. Ich höre ihm wortlos zu. Auch meine Schwester trägt nichts zur Unterhaltung bei, sie scheint überhaupt nicht zuzuhören. Zwei Whiskys später fängt er an, über Arbeit, Leistung, Einsatzbereitschaft – seine Arbeit, seine Leistung, seine Einsatzbereitschaft – zu schwadronieren, sein eigentliches Thema ist jedoch der Erfolg, sein Erfolg, natürlich. Er macht lange Pausen zwischen den Sätzen, in der Stille macht sich der Geruch nach gebratenem Fleisch breit, bis Daniel sich die nächste Sentenz Wort für Wort auf der Zunge zergehen lässt.

Irgendwann höre ich nicht mehr zu und lasse den Blick schweifen. Luz' Gesichtszüge scheinen vor Überdruss erschlafft, die gesenkten Lider verbergen mühsam ihre Gleichgültigkeit, ja, vielleicht ist es auch purer Widerwille. Einen Schluck später sage mir: Luz und ich, wir sind die Kinder derselben Eltern und wir sind auf dieselbe Weise erzogen worden – in welchem Augenblick hat sich das Schicksal für sie entschieden? Und warum für sie? Ich genieße, aber nur eine Sekunde lang, den Ekel, der meine Schwester die Lider niederschlagen lässt, und nehme schweigend den nächsten Schluck, koste den erbärmlichen Triumph aus, den das Leben mir schenkt.

Daniel spricht unterdessen weiter, und seine Stimme klingt so herablassend wohlwollend wie immer. In einer Viertelstunde wird er genau das gleiche falsche Lächeln zeigen wie jetzt, und in einer halben und einer ganzen Stunde auch, vollkommen vorhersehbar, so wie bei jedem Familienbesuch. Daniel reicht mir einen weiteren Drink, ich lasse mir das intensive Aroma schmecken, meine Gedanken lösen sich von dem Grill auf dem Edelholzgestell und wandern hinüber in den Park mit den prachtvollen Bäumen. Niemand hat das Recht, in so einem Haus zu leben und seinen Luxus dermaßen schamlos zur Schau zu stellen, niemand hat das Recht dazu. Ich trinke den nächsten Schluck. Wer nicht hier lebt, wer von außen kommt, fühlt sich gedemütigt und ausgeschlossen. Wer nicht hier lebt, wer von außen kommt – das sind alle, bis auf Luz. Daniel spricht weiter – spricht er mit sich selbst? –, erteilt der Welt weise Ratschläge, doziert über wichtige Themen, von denen ich noch nie gehört habe, manchmal lacht er, füllt sein Glas, prostet uns ein ums andere Mal zu. Ich stelle mein Glas ab, und er versucht, mir nachzuschenken. Ich halte ihn zurück, ich möchte nichts mehr trinken.

Meine Schwester sitzt weiterhin mit ihrer Zigarette zwischen den Fingern da, ganz in meiner Nähe und zugleich weit weg, wer weiß, wo sie sich gerade befindet, vielleicht ist das ja ihre Art, frei zu sein: da sein, ohne da zu sein.

Bleibe also ich, die einzige Zuschauerin, gleichermaßen Gast und Geisel, gezwungen, mir ein Schauspiel anzusehen, um das ich nicht gebeten habe, und damit sich meine Anwesenheit bei diesem Trauerstück lohnt, muss das Essen schon außergewöhnlich gut sein. Die Wirkung des Alkohols und des Geruchs nach gebratenem Fleisch wird allmählich vom Ärger überdeckt.

»Wie gehts deinen Rosen? Zeigst du sie mir?«

Luz sieht mich ein wenig überrascht an, lächelt, drückt die Zigarette aus, trinkt einen Schluck Wasser und steht auf.

»Einverstanden, du bekommst eine Sonderführung.«

»Wann ist eigentlich diese Ausstellung?«

»Am Donnerstag, übermorgen reise ich ab.«

»Wohin noch mal? Ich habe es vergessen.«

»Nach La Paz.«

»Heute riechst du nicht nach Bitterorange und Vetiver, heute sind es, glaube ich, Gardenie und Ingwer.«

»Ja, Gardenie. Ich habe nachgesehen, für den Fall, dass du fragst. An Ingwer kann ich mich nicht erinnern.«

Ich höre zu, während ich ihr folge, ohne mich noch einmal nach ihrem Mann umzusehen, ich habe das Gefühl, wir haben ihn mitten im nächsten Trinkspruch oder mit einem halb fertigen Satz auf den Lippen stehen lassen. Der Kiesweg schlängelt sich zwischen Kiefern, Blumenrabatten und Teichen hindurch, Luz' Garten ist wirklich sehr groß und sehr schön, sage ich mir, hier müsste man doch eigentlich glücklich sein können, indem man einfach bloß den

Blick schweifen lässt. Warum sie? Warum? Vor dem Goldgrund des Himmels vollführen die Schwalben ihre Kunststücke – selbst der Himmel über Luz' Garten ist schöner als anderswo.

Wir kommen in einen abgelegenen Teil, zu einem Gebäude aus Eisen und Glas, ein Gewächshaus für Tropenpflanzen, davor die Beete mit den empfindlichsten Rosensorten.

Vor der Eingangstür bleiben wir stehen und sehen uns an, aber nicht direkt, von Angesicht zu Angesicht – wir betrachten uns in der Glasscheibe vor uns, zunächst wie zufällig, dann neugierig, und zuletzt können wir gar nicht mehr wegschauen.

Zum ersten Mal nach langer Zeit sehen wir uns in die Augen, Luz und ich, mithilfe unseres Spiegelbilds.

2

BEKANNTER UNTERNEHMER AUS MONTEVIDEO VERSCHWUNDEN

Der bekannte Unternehmer Santiago Losada ist seit gestern verschwunden. Zum letzten Mal gesehen wurde er von Hausangestellten, als er das Auto bestieg, mit dem er zum Flughafen fahren wollte, um eine Reise in die bolivianische Hauptstadt La Paz anzutreten. Sein Wagen, ein in Montevideo zugelassener Mercedes Benz, wurde in den frühen Morgenstunden an der Kreuzung Calle Basilea und Calle Blanes Viale im Stadtteil Carrasco verlassen aufgefunden. Mehrere, durch die zunehmende Unsicherheit in der uruguayischen Hauptstadt sensibilisierte Anwohner alarmierten Beamte der nächstgelegenen Polizeiwache. Diese fanden den Wagen leer und unverschlossen vor, was auf eine Entführung schließen lässt. Es wurden keine Anzeichen von Gewaltanwendung festgestellt. Irgendwelche persönlichen Gegenstände des Unternehmers, der nie am Flughafen eintraf, befanden sich nicht in dem Fahrzeug.

3

Übersetzt habe ich schon immer, manchmal arbeite ich aber auch für Lucinda.

Heute gibt es eine Aufzeichnung. Nach dem Grillen bei Luz und Daniel muss ich nach Hause eilen und schnell duschen, denn um fünf kommt der Minibus, da muss ich bereits in meiner Fernsehkleidung stecken, ein hellblaues Kostüm, in dem ich wie eine typische Mittelklasse-Frau aussehen soll, konservativ, praktizierende Gläubige.

Der Fahrer sammelt mich und weitere fünfzehn bis zwanzig Personen ein und bringt uns zum Studio. Lucinda kümmert sich um die Verträge, den Transport, die Bezahlung, schickt uns vorher eine Zusammenfassung des Sendungsthemas und weist uns die Aufgaben zu. In dem Programm mit dem Titel *Und, zu Hause alles klar?* fallen einigen von uns kleine Nebenrollen zu, andere sind bloß Statisten.

Der Himmel hat sich zugezogen, es sieht nach Regen aus, da macht es mir nichts aus, drei Stunden dafür zu verwenden, ins Studio zu fahren, wartend herumzusitzen, die Aufzeichnung mitzumachen und wieder nach Hause zurückzukehren. Ich steige ein und setze mich allein auf einen Platz am Fenster.

Vier Haltestellen müssen wir noch abklappern, bis wir das Zentrum hinter uns lassen und das in einem Außenbezirk gelegene Studio ansteuern.

Und, zu Hause alles klar? ist eine von diesen Sendungen, zu denen man scheinbar stinknormale Familien einlädt,

Ehepaare mit kleinen Kindern, er ist vielleicht ein kleiner Verwaltungsbeamter und sie Grundschullehrerin, sie genießen ihr ruhiges Leben und bezahlen ihr Häuschen in der Vorstadt ab. Im Studio kommt auf einmal raus, dass er sie mit der Schwester – ihrer Schwester, natürlich – betrügt, und zwar schon seit sie ein Paar sind. Die Frau fällt aus allen Wolken, wird wütend, fängt an zu weinen, steht auf und schlägt auf ihren Mann ein, aber nur kurz, weil man die beiden trennt, woraufhin Liliana, die Moderatorin, keine Geringere als die besagte Schwester auf die Bühne bittet. Noch größere Überraschung, noch stärkere Wut, noch mehr Schläge. Manchmal muss Juan Ignacio eingreifen, ein groß gewachsener Kerl mit wulstigen Lippen und bis über die Bizepse hochgekrempelten Ärmeln, der die Streithähne voneinander trennt. Nach diesem Muster läuft im Prinzip jede Sendung ab, nur dass bei anderen Malen zum Beispiel der Ehemann heimlich eine Beziehung mit dem Cousin seiner Frau unterhält, oder der Vater in dem Unternehmen seiner eigenen Kinder Geld für sich abgezweigt hat, oder die Oma ein Star in Pornos mit reifen Frauen ist. Die Familien werden also auf den Set geführt, wo man sie auf kreisförmig aufgestellten Stühlen Platz nehmen lässt. Die Unschuld und Verwirrung kann man ihnen am Gesicht ablesen – keiner von ihnen scheint zu wissen, warum man sie hergebracht hat und was sie dort sollen. Nach kurzen Einspielern, in denen man die Anwesenden in ihrem Alltag erlebt – Mama, wie sie die Kleinen in die Schule bringt, der Onkel bei der Arbeit in der Bäckerei, die Oma, wie sie Apfelkuchen für ihre Enkelchen bäckt –, übernimmt es Liliana, die Wahrheit zu enthüllen: Die Frau, die gerade den Strudel in den Ofen geschoben hat, hat den berühmtesten Hintern sämtlicher XXX-Seiten im Internet. Ein Zoom auf eine Zeitschrift zeigt die nackte Oma mit einem gewaltigen Penis im After – der Penis und dessen unmittelbare Umgebung werden durch eine Art rosa Wolke kaschiert, schließlich wird die Sendung weit vor Mitternacht ausgestrahlt, Verwechslungen sind aber dennoch ausgeschlossen, schließlich ist das Gesicht der geliebten Oma wie auch, nebenbei bemerkt, die gewaltige Lust, die sich darauf widerspiegelt, deutlich zu erkennen. Im nächsten Schritt nimmt die Kamera das Gesicht der Enkelin ins Visier, die die Augen verdreht, »Oh mein Gott!« ruft und womöglich ohnmächtig wird. Manchmal kommen weitere Enkel der Oma mit dem berühmten Hintern ins Spiel, die man extra von weit her angekarrt hat, damit auch sie aus erster Hand die Wahrheit erfahren. Bis zuletzt die Oma selbst, die in der Zeit zwischen zwei Strudeln Hardcore-Pornos dreht, ihren Auftritt hat. Sie darf sich auf den Ehrenplatz setzen, gleich neben Liliana, die sie nun fragen wird, wie sie Eingang in die Welt der Pornografie gefunden hat, ob diese Arbeit ihr gefällt und wie sie es anstellt, mit dreiundsiebzig noch über einen derart knackigen Hintern zu verfügen. Die Enkel werden sie schreiend beschimpfen, und die, die in Ohnmacht gefallen ist, wird wiederauferstehen und sich den Beleidigungen anschließen, der eine oder andere wird sie vielleicht sogar am Dutt packen und schütteln, oder ihr ältester Sohn wird anfangen, sich mit dem Jüngsten zu prügeln, oder aber all die schreienden und drauflosschlagenden Leute werden über die Moderatorin herfallen. Dann ist es höchste Zeit, dass Juan Ignacio einschreitet und die Ordnung wiederherstellt.

Im Bus ist es heiß, die Fenster sind beschlagen. Ich ziehe den Mantel und die hellblaue Jacke meines Mittelschichtskostüms aus und krempele die Ärmel der weißen Seidenbluse hoch. Ich bin bereits geschminkt, habe ein sanftes Rouge aufgelegt und leichte, kaum wahrnehmbare Lidstriche gezogen, und richte nur meine Frisur ein wenig, bevor die Aufnahme beginnt.

Liliana führt geschickt durch das Programm – schreit jemand zu laut, bringt sie ihn zum Schweigen, bricht der Betreffende in Tränen aus, spendet sie Trost, ist jemand überfordert, spricht sie beruhigende Worte, ist der Person jedoch überhaupt nichts anzumerken, ja, wirkt sie völlig unbeeindruckt, schiebt Liliana noch ein paar härtere Einzelheiten nach. Das Schlimmste, was in *Und, zu Hause alles klar?* passieren kann, ist, dass nicht jede Minute etwas Neues passiert, weshalb Liliana, falls es allzu ruhig wird, unbedingt für erneutes Chaos sorgen und, falls es zur offenen Feldschlacht kommt, die Gemüter wieder besänftigen muss. Ohne ständigen Wechsel geht es nicht, lautet die Zauberformel dieses Programms.

Die Statisten und Nebendarsteller sind fast so wichtig wie die Familien, die ihre Dramen zur Aufführung bringen. Die Statisten klatschen Beifall, buhen aus, schreien, skandieren Namen oder Adjektive. Nebendarsteller wie ich dagegen heben die Hand und äußern ihre Meinung oder geben Ratschläge, immer unter der kundigen Anleitung Lucindas, die die Aufgabe hat, je nach Situation für Schwung zu sorgen. Unsere Rollen sind vertraglich festgelegt, in meinem Fall geht es um die Darstellung einer Hausfrau, die systematisch alles verdammt, was auch nur im Geringsten von den guten Sitten abweicht. Die stets zurückhaltende und diskrete Dame, die ich spiele, bringt in allen Sendungen ihre so feinsinnige wie standhafte Verteidigung der Institution Familie zum Ausdruck.

Wir kommen an und steigen aus.

Die Sendeleiterin drückt uns die Programmzettel in die Hand, auf denen der Konflikt, der heute ausgetragen werden soll, knapp zusammengefasst ist. Um uns entsprechend zu verhalten, müssen wir den Text vorab sorgfältig lesen. Lucinda sagt, sie erwarte einen angemessenen Beitrag von mir.

Ich lese: »Gustavo und Camila sind seit zehn Jahren verheiratet, haben zwei Kinder im Alter von sechs beziehungsweise drei Jahren, zwei Labradore, arbeiten in ihrem eigenen Blumenladen und verbringen die Ferien am liebsten an einem einsamen Strand. Gustavo interessiert sich seit Neuestem für Voyeurismus, er hat angefangen, im Internet zu dem Thema zu recherchieren, und sich bereits mit einigen Personen ausgetauscht, die voyeuristischen Praktiken nachgehen. Inzwischen ist ihm klar, dass er diese Art der Sexualität kennenlernen und das Erlebnis mit seiner Frau teilen möchte, er hat sogar schon Kontakt zu mehreren Paaren aufgenommen, die sich gerne beobachten lassen und ihrerseits andere Paare beobachten möchten. Gustavos Problem ist, dass er nicht den Mut aufbringt, Camila, die es mehr mit konventionellem Sex hat, in seine Pläne einzuweihen. In der heutigen Sendung wird Gustavo seiner Frau erklären, was es mit dem Voyeurismus auf sich hat, und gestehen, dass er Lust hat, die Sache gemeinsam auszuprobieren, wie und mit wem auch immer. Mehrere Paare werden zu Gast sein, die zum Teil für und zum Teil gegen diese sexuelle Praxis eingestellt sind.«

Wie immer ist die Zeit knapp bemessen, ich muss also rasch meine Frisur ordnen und dann meinen Platz auf der Publikumstribüne einnehmen. Lucinda schickt mich mit klaren Anweisungen in die erste Reihe: Ich soll eine finstere Miene zeigen und das Vorhaben schlechtmachen, weil es dem gesunden Moralempfinden widerläuft, falls genug Zeit bleibt, wird man mir auch das Mikrofon übergeben, damit ich meinen Standpunkt darlegen kann.

Eins, zwei, drei, Aufnahme.

»Herzlich willkommen zur neuesten Folge voooooon *Und, zu Hause alles klar?*«, höre ich gleich darauf Lilianas Stimme.

Wir klatschen Beifall, die Jüngeren aus unserer Gruppe schreien oder pfeifen.

Ein Mann und eine Frau unbestimmten Alters kommen herein, sie hat Ringe unter den Augen und ungleichmäßige Zähne, blickt mit dem mir nur allzu bekannten »Wasnhierlos?«-Gesicht in die Kamera, er dagegen ist dick und schwitzt stark unter der Schminke. Wieder klatschen wir Beifall.

Liliana stellt die beiden vor, erzählt, was sie beruflich und was sie in ihrer Freizeit machen. Als Nächstes Filmaufnahmen von zu Hause, die Hauptdarsteller beim gemeinsamen Essen in der Küche, beim Fernsehen, dann beim Verabschieden der Kinder am Schuleingang. Eine ganz normale Familie also, so normal wie alle, die hier auftreten, zumindest so lange, bis die eigentliche Wahrheit aufgetischt wird. Ich bin eine Weile unaufmerksam, schalte ab, und als ich mich dann wieder dem Set zuwende, sehe ich das – vielleicht ein wenig übertriebene – Entsetzen, das sich auf Camilas Gesicht abzeichnet, während Gustavo mit seinem Vorschlag herausrückt. Hastig muss ich selbst ein entsetztes Gesicht machen und zeigen, wie aufgewühlt ich bin. Ich bin also entsetzt und aufgewühlt. Camila schreit ihren Mann an: »Niemals! Nicht mit mir!« Und ich stehe auf und applaudiere: »Bravo, Camila! Lass dich bloß nicht einschüchtern! Wie kann man nur so unanständig sein?« Ich werfe einen Blick zu Lucinda, die mir den nach oben gestreckten Daumen zeigt und lächelt. Ich setze mich wieder.

Ich gebe mein Bestes und habe an der Rolle, die mir zugewiesen wurde, immer weiter gefeilt und ihr alle möglichen Bewegungen, Frisuren und Tics hinzugefügt, und obwohl ich mich nie selbst habe sehen können – die Sendung wird in Montevideo aufgezeichnet, aber nur in Miami ausgestrahlt –, weiß ich, dass sich meine schauspielerische Performance im Lauf der zwei Jahre, die ich inzwischen dabei bin, durchaus gebessert hat.

Der Streit von Gustavo und Camila ist vorläufig abgeflaut,

jetzt hat ein Voyeurpaar seinen Auftritt, das Liliana als Ana und Guillermo vorstellt. Zunächst erläutert Ana ihre sexuellen Vorlieben, sie wird aber schon bald von Camila unterbrochen, die völlig außer sich auf sie einschreit. Kommt dieses Ausrasten nicht ein bisschen früh? Die jungen Leute unter den Statisten schließen sich jedenfalls an und brüllen der Frau »Nutteee!« und ihrem Partner »Perveeersling!« entgegen. Ich nutze die Gelegenheit und schreie meinerseits: »Abartig! Schamlos! Nicht zu fassen! Wo gibts denn so was?« Kamera drei richtet sich auf mich, während ich schreie und mit den Armen fuchtele. Dann sehe ich zu Lucinda, die mich anstarrt und mir schließlich durch eine Handbewegung zu verstehen gibt, dass es genug ist. Ich setze mich wieder hin. Jetzt ist Gustavo an der Reihe, er gibt sich leutselig, drückt sich geschickt aus, typisch für Leute, die genau wissen, wie man sich die Schwäche von Menschen zunutze macht, die sich leicht ausnutzen lassen. Er hält sich für superschlau, weiß über alles Bescheid, aber mir macht er trotzdem nichts vor. Ich stehe erneut auf, merke, wie sehr ich schwitze. »Arschloch«, schnaube ich, »so kommst du bei mir nicht durch, für wen hältst du dich, du abartiger Kerl?« Ich balle die Faust. »Lass ihm das bloß nicht durchgehen, Camila, der Typ ist das Allerletzte.« Die Bluse klebt mir am Körper, der Schweiß rinnt mir den Rücken hinab. Ich fuchtele mit den Armen. »Verfluchter Perversling! Ich weiß genau, dass du die Leute für deine Zwecke missbrauchst, du Scheißkerl! Lass die arme Frau da in Ruhe, du ekelhafter geiler Bock!« Während ich so schreie, merke ich, dass Lucinda mich mit weit aufgerissenen Augen ansieht, dann steht sie auf und gibt mir, hektisch mit den Händen wedelnd, zu verstehen, dass ich sofort aufhören soll. Ich setze mich wieder hin.

Jetzt kommen mehrere Frauen von dem Verein »Für Familie, Anstand und Ordnung«. Ich weiß genau, was sie sagen werden und wann ich ihnen Beifall klatschen soll, aber ich fühle mich müde, habe keine Lust mehr auf meine Rolle, völlig durchgeschwitzt, wie ich bin, die Bluse bloß noch ein widerlicher nasser Lappen, also bleibe ich sitzen, denke woran auch immer, drifte ab. Als ich meine Aufmerksamkeit wieder auf den Set richte, weiß ich nicht mehr, wovon die Rede ist, ich habe aber auch gar keine Lust, mich wieder ins Programm einzuklinken. Die Moderatorin nimmt einen Anruf entgegen, ein angeblicher Zuschauer, der Ana und Guillermo unterstützen will und deshalb alle möglichen Argumente zugunsten des Voyeurismus anbringt.

Inzwischen beschimpfen sich die Beteiligten, stehen auf, schubsen einander. Camila gibt Ana eine Ohrfeige, die sie daraufhin an den Haaren zieht. Juan Ignacio kommt mit in die Seiten gestemmten Armen näher, als wollte er die beiden trennen, in Wirklichkeit greift »Míster Músculo«, wie sein Künstlername lautet, aber kaum ein, ja, er scheint die beiden sogar eher noch anzustacheln. In dieser Sendung habe ich schon großartige Prügeleien erlebt, manche wirkten wie aus einer anderen Welt, diesmal ist das aber nicht so. Heute macht die Sache keinen Spaß, alles ist viel zu vorhersehbar, wie ein perfekt einstudierter Tanz, bei dem niemand auch nur für eine Sekunde von der vorgeschriebenen Linie abweicht.

Nach dem Ende der Aufnahme tritt Lucinda auf mich zu, ich weiß, dass sie mir Vorwürfe machen wird.

»Spinnst du eigentlich, Ursula? Du bist ja total ausgerastet, du hast die Frau beschimpft, als wärst du völlig durchgedreht. Wer hat dir gesagt, dass du eine Irre spielen sollst?«

So macht sie noch eine Weile weiter. Aber sollte es hier nicht eigentlich so zugehen wie in der wirklichen Welt?, frage ich mich.

Ich erwidere nichts, sie holt mit zusammengepressten

Lippen das Geld hervor und zahlt mich aus, ohne mich noch einmal anzusehen. Dann dreht sie sich um und geht grußlos davon.

Ciao, Lucinda, fahr zur Hölle.

Wir verlassen das Studio, draußen sehe ich, dass die Voyeure und die Frauen von »Für Familie, Anstand und Ordnung« in denselben Minibus steigen und verschwinden.

4

Eine Frau ergreift ein großes, scharfes Messer, wendet es hin und her, nimmt es genau in Augenschein. Sie prüft die Schneide, kontrolliert fachmännisch ihre Schärfe, indem sie vorsichtig die Kuppe des Zeigefingers dagegen drückt, testet dann die Spitze. Anschließend sucht sie beide Seiten der Klinge nach verräterischen Flecken ab. Gleich darauf streift sie weiße OP-Handschuhe über, zieht die Fingerenden zurecht und greift erneut nach dem Messer. Ein lüsternes Lächeln umspielt ihre Lippen. Wer ihr durchs Fenster dabei zusähe, wie sie sachkundig, konzentriert und offensichtlich voller Vorfreude die Möglichkeiten einer derartigen Stichwaffe abschätzt, könnte auf den Gedanken kommen, dass diese Frau vorhat, jemanden zu ermorden.

Nein, diese Frau wird niemanden umbringen. Es ist die Dicke, die in der Küche ihren Auftritt vorbereitet. Umgeben von Gemüse und Kochtöpfen, schickt sie sich an, alles mögliche Grünzeug zu schälen, auszuhülsen, zu schneiden, zu hacken und anschließend in kochendes Wasser zu geben.

Ich bin das, nachts um elf, kurz davor, mit meiner neuen Suppendiät anzufangen.

»Der große Vorteil der Suppendiät besteht darin, dass sie uns hilft, in wenigen Tagen mehrere Kilo abzunehmen und gleichzeitig den gesamten Organismus zu reinigen. Wie der Name besagt, besteht sie vor allem aus Suppe, die aus den verschiedensten Gemüsesorten zubereitet wird. Erfunden wurde sie in einer amerikanischen Klinik, die sich auf die

Behandlung von durch Übergewicht hervorgerufenen Herzerkrankungen spezialisiert hatte. Die Patienten kamen her, weil sie abnehmen mussten, bevor sie sich einer Operation unterziehen konnten. Gemüse reinigt den Organismus, enthält viele Mineralstoffe und sehr wenig Kalorien. Wer sich sieben Tage hintereinander auf diese Weise ernährt, kann zwischen viereinhalb und sieben Kilo abnehmen. Weggelassen werden müssen dabei Alkohol, Kohlenhydrate, Zucker und kohlensäurehaltige Getränke.«

Ich brauche:

Karotten.

Weißkohl.

Hokkaido-Kürbis.

Zucchini.

Ich liebe es, Listen anzulegen, ich kann gar nicht genug davon bekommen. Beim Anlegen von Listen habe ich das Gefühl, ein anderer Mensch zu sein, ordentlich, jemand, der Bücher pünktlich in die Bibliothek zurückbringt, nie vergisst, seine Rechnungen zu bezahlen, und jeden Morgen frische Unterwäsche anzieht.

Spinat – hier.

Riesenkürbis und Muskatkürbis – zur Stelle.

Grüner Paprika – auch hier.

Roter Paprika – et voilà.

Gelben habe ich nicht.

Fertig. Was für eine Liste könnte ich noch aufstellen?

»Alles, was in dieser Woche zu erledigen ist.«

Neue Diät anfangen.

Abnehmen!

Den Dichter aus Haiti übersetzen.

Die Figuren abstauben.

Luz anrufen.

Nicht durchdrehen.

Gemüse, Gemüse und noch mal Gemüse kaufen.
Jede Art von Gemüse.
Zum Friseur gehen.
Noch mal der Nachbarin schreiben.
Noch mehr Gemüse besorgen.

Also, viele verschiedene Gemüsesorten, sehr viele. Die und die und die. Alles vorbereiten und zurechtschneiden, und dann ab in den Topf damit. In einen Topf mit zehn Litern Wasser, heißt es im Rezept. Ich habe aber keinen Zehn-Liter-Topf, kein Mensch, der allein lebt, hat einen Zehn-Liter-Topf. Zehn-Liter-Töpfe sind was für Kasernen- oder Schul- oder Gefängnisküchen. Oder für Küchen von Diätkliniken.

So wie die, wo ich mal war. Das Erste, was ich mir geleistet habe, nachdem ich das Erbe von Tante Irene erhalten hatte, war ein einmonatiger Aufenthalt in einer superluxuriösen Diätklinik in Buenos Aires.

Und wenn ich das Ganze auf zwei Fünf-Liter-Töpfe verteile? Habe ich überhaupt zwei Fünf-Liter-Töpfe?

Einen ganzen Monat habe ich dort zugebracht und viel Gewicht verloren. Wie viel war es? An die zehn Kilo, glaube ich. Ja, damals habe ich etwa zehn Kilo abgenommen, und ich sah großartig aus, als ich wieder rauskam, das Geld und die Mühe hatten sich gelohnt, das Opfer, das darin bestand, wie ein Spatz zu essen und dafür ein Vermögen zu bezahlen. Danach war es nie wieder so, ich bin noch oft in der Klinik gewesen, aber so viel auf einmal habe ich nie mehr abgenommen, gerade mal drei oder vier Kilo pro Aufenthalt, und irgendwann war das Geld von der armen Tante Irene aufgebraucht. Arme liebe Tante Irene, möge sie sanft ruhen!

So, fertig, jetzt auf den Herd damit, das Ganze muss kochen, bis eine dicke nährstoffreiche Brühe daraus wird, und die soll dem Fettgewebe, das meinen Körper überzieht, ein Ende bereiten, so, dass ich es irgendwann einfach aufknöpfen und abstreifen kann wie eine Bluse. Von allen adipösen Zusätzen befreit, wird mein Körper so schön und schlank, wie er ist, darunter hervorkommen. Beziehungsweise, so schön und schlank, wie er war. War er das mal?

Tack, tack, tack.

Tack, tack, tack.

Verdammt, schon wieder die Nachbarin über mir mit ihren Absätzen.

Tack, tack, tack.

Tack, tack, tack.

Hastig wandert sie hin und her, als hätte sie es aus irgendeinem Grund eilig. Was macht sie um die Uhrzeit mit solchen Absätzen? Zur Hölle mit ihr! Morgen kümmere ich mich darum, dass das Gestöckel aufhört.

Während die Suppe auf kleiner Flamme vor sich hin köchelt, fällt mir ein, dass ich Papas Figurensammlung schon seit Längerem nicht mehr gesäubert habe, meine dreihundertzweiundzwanzig kleinen Japaner aus Elfenbein, Steingut, Porzellan oder Holz – Kaiser, Bauern, Gesellschaftsdamen, Hunde und Kaninchen, Krieger und Ungeheuer, die ich mit feinen und sehr feinen Pinseln, Wattestäbchen, Staubtüchern, lauwarmem Seifenwasser und Natron bearbeite, dann mit einem Baumwoll- und einem Ledertuch trocken reibe und zuletzt mit einem Wolltuch auf Hochglanz poliere. Ich öffne eine Tür des Glasschranks, nehme eine Prinzessin heraus, streiche ihr sanft mit dem Zeigefinger übers Gesicht. Es ist mit einer hauchdünnen Staubschicht überzogen, ich puste sie vorsichtig weg, nicht dass ich sie zu so später Stunde aus dem Schlaf reiße. Normalerweise reinige ich die Sammlung an verregneten Sonntagen, allerdings hat es schon seit Monaten an keinem Sonntag mehr geregnet, ich darf aber nicht noch mehr Zeit verstreichen lassen, also werde ich mich demnächst an die Arbeit machen müssen, egal, an welchem Wochentag. Luz sagt, ich soll die Figuren verkaufen und von dem Geld eine schöne Reise machen oder mir ein neues Auto zulegen, außerdem sei ich dann die Plackerei los. Sie begreift nicht, dass das Reiben, Wischen, Wienern und Polieren ein Genuss für mich ist und dass ich diese kleine Welt aus Fabelwesen und Märchentieren liebe. Der Krieger auf seinem Pferd sieht mich von seinem Platz im drittobersten Fach an, ich lege ihn mir auf die Hand, wiege ihn und gebe ihm einen Kuss, bevor ich ihn wieder zurückstelle.

Eine Weile war es über mir ruhig, aber jetzt bohren sich die Absätze meiner Nachbarin wieder klappernd tief in meine Hirnrinde.

Tack, tack, tack.

Tack, tack, tack.

Bei der nächsten Eigentümerversammlung werde ich das Thema auf die Tagesordnung setzen, außerdem werde ich bei der Polizei und beim Ordnungsamt Anzeige wegen Ruhestörung erstatten. Einen Anwalt werde ich mir auch zulegen müssen.

Das Telefon klingelt. Das Telefon, kurz vor Mitternacht? Bei mir ruft nie jemand an. Erst recht nicht zur Geisterstunde. Ich betrachte den Apparat, als handelte es sich um ein seltsames Tier, eine Kakerlake oder eine Spinne, die sich von der Decke herabgelassen und auf mein Bett gesetzt hat, genau aufs Kissen.

»Hallo?«

»Ursula López?«

Die Stimme klingt seltsam metallisch und verzerrt. Ein Schauer läuft mir über den Rücken, gleichzeitig nehme ich den Geruch der siedenden Suppe wahr.

»Ja.«

»Wir haben Ihren Ehemann.«

Ich bringe keinen Laut hervor. Meinen Mann?

Was für eine komische Stimme.

»Wir haben Santiago.«

»Santiago?«

»Ja, Ihren Mann. Ich warte auf Sie, in der Bar Los Tejos, in der Avenida Dieciocho de Julio, Ecke Calle Ejido, in einer halben Stunde.«

Die Stimme verstummt.

»Hallo? Warten Sie …«

Klick.

Kein Geräusch dringt mehr aus dem Hörer.

Was für einen Ehemann?

5

Ich bin komplett irre. Natürlich bin ich irre, wie käme ich sonst auf die Idee, um die Uhrzeit rauszugehen, mitten in der Nacht?, sage ich mir, während ich mich anziehe. Das hier geht nicht, das gefällt mir überhaupt nicht. Ich werfe die Kleider aufs Bett. Muss ich mich wirklich immer schwarz anziehen? Ich komme bloß noch in Schwarz daher, in, je mehr ich selbst auseinanderlaufe, desto weiter geschnittenen schwarzen Kleidern, und alles nur, um den anderen etwas vorzumachen, mir selbst auch, wenn ich mich im Spiegel betrachte, mir, die ich versuche, mein Gewicht und meinen Umfang abzuschätzen, die Ausmaße meines Körpers beziehungsweise der gespenstischen Silhouetten, die mein Schatten an die Wand zeichnet.

Der Anruf war nicht für mich, er war für eine andere Frau. Soll ich wirklich hingehen? Ist das nicht völliger Wahnsinn? Selbstverständlich ist das völliger Wahnsinn. Ich ziehe mich an, bedecke mich, verdecke mich, verkleide mich, Schicht um Schicht, dunkle Falten, weite Würfe. Ich ziehe mich an und verschwinde.

»Man merkt trotzdem, dass du dick bist«, sagt Papa. – »Nein, Papa, Schwarz steht mir einfach gut, diese Hose macht mich schlank.« – »Das glaubst vielleicht du, dass die Farbe von deinem Umfang ablenkt, ich sehe bloß eine dicke Frau in Schwarz.« – »Sei still, Papa, fang nicht schon wieder mit dem Thema an, und auch mit sonst keinem Thema, du bist nämlich tot.«

Wie lange ist Papa jetzt eigentlich schon tot? Seit zehn, zwölf, nein, dreizehn Jahren. Die Zeit vergeht, und das ist kein Spaß, sie vergeht, und wir vergessen nach und nach selbst unsere liebsten Angehörigen. Wir haben ständig gestritten, um alles und jedes. Das war unsere Art, miteinander zu kommunizieren, die Streiterei verdeckte den eigentlichen Streit, den Streit, der alldem zugrunde lag, den wir aber nie offen ausgefochten haben, dem wir immer ausgewichen sind. Was würde Papa sagen, wenn er mich heute sehen könnte? Dass ich dick bin, dick und noch mal dick. Dass ich mich immer habe gehen lassen, dass mir alles egal war. Dass ich eine Verliererin bin. Und das stimmt auch, Papa, obwohl ich so sein wollte, wie du es dir gewünscht hast, bin ich bloß dick geworden, genau so dick, wie du immer vorausgesagt hast. Luz dagegen hatte offenbar mehr Respekt vor dir, und so geht sie heute schön und schlank durchs Leben, in ihrem Haus mit Marmortreppe, und trotzdem ist sie um nichts weniger unglücklich als wir.

In einer halben Stunde, hat der Typ am Telefon gesagt. Ein bisschen Zeit zum Überlegen habe ich also noch. Um die Uhrzeit ist das gefährlich, kein vernünftiger Mensch würde sich mitten in der Nacht mit einem Unbekannten treffen, der ihm mit drohender Stimme von Dingen erzählt, die nicht das Geringste mit ihm zu tun haben.

Vielleicht bleibe ich doch lieber zu Hause, gehe in die Wanne, ziehe mir danach einen kuschligen Pyjama an, creme mir das Gesicht ein und höre ein bisschen Musik oder sehe mir noch mal den Film von Quentin Tarantino an. Genau, ich begnüge mich einfach mit dem, was ich kenne, bleibe hier und esse Gemüsesuppe.

Nein, ich ziehe mich fertig an, lege ein wenig Rouge auf und betrachte mich im Spiegel, ein paar letzte Korrekturen an Augen und Haaren, dann breche ich auf.

Warum ich das Auto nehme, obwohl es bloß ein paar Querstraßen bis zu dem vereinbarten Ort sind, weiß ich selbst nicht. Vielleicht will ich bloß nicht nachts die Plaza Independencia überqueren, nicht an der riesigen Heldenstatue vorbeigehen. Um die Zeit rumzubringen, fahre ich durch die Calle Ciudadela bis zur Rambla. Es sind noch Leute unterwegs, manche führen ihre Hunde aus. Mein Gott, das nennt man willensstark, ich wäre auch gern so. Eine schöne laue Nacht, für alle Fälle habe ich aber einen Pullover dabei. Und Pfefferspray, das habe ich erst letzte Woche gekauft. Vor dem Losgehen habe ich es eingesteckt, jetzt schiebe ich die Hand in die Tasche, um zu überprüfen, ob es noch da ist. Alles in Ordnung.

Vom dunklen Meer weht feuchter Salzgeruch heran, der Strand und der Hafen sind ganz in der Nähe. Gut wäre es, jetzt ein bisschen spazieren zu gehen, am Wasser entlangzulaufen, den Kreislauf in Gang zu bringen. Ich muss an einer Ampel warten, direkt vor mir überquert eine Frau in roten Shorts die Straße, sie ist etwa in meinem Alter. Ich betrachte ihre Beine, den Hintern, die schmale Taille. Mein Fuß spielt mit dem Gaspedal, der Motor heult auf, ich bräuchte bloß den ersten Gang einzulegen, um ihren Anblick los zu sein. Vor einem Jahr sah ich genauso aus, sage ich in solchen Situationen zu meinen Bekannten. Stimmt nicht, seit ich zwanzig bin oder fünfzehn – oder zwölf? –, sehe ich nicht mehr so aus. Die Ursula von heute und die Ursula von damals trennen mehrere Kilo.

Ich fahre die Calle Paraguay entlang, biege in die nahezu leere Avenida Dieciocho de Julio ein und parke direkt vor der Bar Los Tejos. Um diese Uhrzeit ist kaum jemand im Zentrum unterwegs. Ein junger Mann mit neongelber Weste und einem Lappen in der Hand kommt auf mein Auto zu und wünscht mir einen guten Abend. Ich tue, als würde ich ihn nicht wahrnehmen, ich habe keine Lust, mich zu einem Trinkgeld zwingen zu lassen, andererseits ist es schon spät, und ich habe ebenso wenig Lust, mein Auto mit eingeschlagenem Seitenfenster oder aufgeschlitzten Reifen vorzufinden, wenn ich wieder aus der Bar komme. Ich steige also aus und grüße, indem ich kurz das Kinn anhebe.

»Soll ich auf Ihr Auto aufpassen?«

Ich stecke die Hand in die Tasche und streiche über die Dose mit dem Pfefferspray. Sie ist angenehm kühl, und das Spray ziemlich wirksam. Ich lege einen Finger auf den Druckknopf, tippe ein paar Mal darauf. Dann atme ich tief durch, einmal, zweimal, dreimal. Der junge Mann riecht nach Urin, Schweiß, Marihuana und Wein.

»Nein.«

Ich gehe zum Eingang der Bar, drehe mich dort noch einmal um, der junge Mann lehnt jetzt mit dem Rücken an einer heruntergelassenen Metalljalousie, raucht und lächelt vor sich hin. Er hat kaum noch Zähne. Die Stadt bereitet sich auf die Nacht vor.

6

In der Avenida Dieciocho de Julio tut sich um diese Uhrzeit eine völlig andere Wirklichkeit auf. Obdachlose errichten kleine Temporärhütten aus Pappkartons, vor denen sie ihre Hunde platzieren. Wo tagsüber ein Juweliergeschäft seine luxuriöse Ware zur Schau stellt, machen sich jetzt zwei Clochards, umgeben von Kleiderbündeln, Kisten, leeren Flaschen und Tüten mit Essensresten, zum Schlafen bereit. Die Müllabfuhr leert die Container, und vor den Cafés und Restaurants werden die Stühle auf die Tische gestellt und alle Spuren beseitigt, die darauf hinweisen könnten, dass hier bei Tage Menschen unterwegs waren.

In der Bar sind nur wenige Leute, gerade einmal ein paar Tische sind besetzt. Der Typ am Telefon hat nichts darüber gesagt, wie er aussieht oder woran ich ihn erkennen könnte. Vom Eingang aus betrachte ich ein junges Pärchen, eine Gruppe Bier trinkender Männer und, mir am nächsten, einen allein dasitzenden Gast. Das muss er sein. Er sieht mich nicht an, blättert zerstreut in einer Zeitung, trinkt einen Schluck Bier. Dabei rinnt ihm der Speichel in den Kragen. Ferkel.

Plötzlich legt sich mir eine Hand auf die Schulter, ich fahre zusammen. Während ich stumm abwarte, was als Nächstes passiert, hüllt mich eine Wolke aus Mandarinen-, Schwertlilien- und Tabakduft ein.

»Ursula?«

Meine zitternde Hand umklammert das Pfefferspray,

drückt es mit aller Kraft, mir wird heiß, und ich habe das Gefühl, ich ersticke. Ich stehe steif und angespannt da wie jemand, der im Bett liegt und das Knarren von Schritten hört, die im dunklen Zimmer näher kommen.

»Ursula?«

Mit einer großen Anstrengung gelingt es mir, das Zittern meiner Hand zu unterdrücken, während ich mich langsam um hundertachtzig Grad drehe. Nun habe ich den Besitzer der seltsamen Stimme leibhaftig vor mir, ich erkenne sie wieder, auch wenn sie jetzt nicht so metallisch verzerrt klingt. Ich schnuppere noch einmal – das unbekannte Parfüm riecht wunderbar. Der Mann, der den Duft verbreitet, ist schlank, klein und schlank. Meine Anspannung lässt nach, die Hand in meiner Tasche löst sich von der Spraydose.

»Gehen wir woandershin, Ursula.«

Er öffnet mir die Tür und wartet, dass ich an ihm vorbeigehe, aber ich stehe wie angewurzelt da und starre ihn an. Er versetzt mir einen sanften Stoß, und ich erwache aus meiner Lethargie, trete folgsam auf die Straße hinaus. Der Typ ist wirklich sehr schlank und etwa vierzig Jahre alt. Er trägt einen altmodischen Henriquatre, wie die Revoluzzer in den Sechziger- oder Siebzigerjahren, aber der Bart wirkt unecht, vielleicht, weil er etwas dunkler ist als das Kopfhaar. Der Anzug ist ihm zu groß, als wäre er geliehen, oder als hätte sein Träger in der letzten Zeit stark abgenommen. Danach würde ich ihn am liebsten fragen – wie hat er das geschafft, mit welcher Diät?

»Hier entlang, bitte«, sagt er und deutet in Richtung Plaza Independencia.

»Gefällt Ihnen die Bar hier nicht?«

»Ich möchte lieber anderswohin.«

»Und warum haben Sie dann gesagt, ich soll hierher kommen, wenn die Bar Ihnen gar nicht gefällt?«

»Reine Vorsichtsmaßnahme. Gehen wir, ich habs eilig, und Sie sind bestimmt in Sorge wegen Ihres Mannes.«

»Und wohin wollen Sie?«

»Ein paar Querstraßen weiter ist eine echt klasse Pizzeria, die hat immer geöffnet.«

»Echt klasse?« Wer drückt sich denn heute noch so aus? Wortlos gehen wir die Avenida Dieciocho de Julio entlang. Bei der zweiten Querstraße biegen wir ab und kommen an zwei Bars und einem Restaurant vorbei. Wir reden irgendwelches banales Zeug, über den vielen Dreck im Stadtzentrum und dass es im Herbst so unangenehm feucht ist. Ich merke, dass mein Begleiter unsicher wird, er sieht sich suchend um, bleibt schließlich stehen und blickt mich an.

»War hier nicht irgendwo das Maravillas?«

»Das ist zu.«

»So früh schon?«

»Es hat schon vor Langem geschlossen, es existiert nicht mehr.«

»Seit wann denn?«

»Seit zwei Jahren, vielleicht auch drei. Wann waren Sie denn zum letzten Mal hier im Zentrum?«

Er kramt in seiner Jackentasche, holt mehrere Zettel hervor, sieht sie an, tritt unter eine Laterne. Irgendwann scheint er den richtigen gefunden zu haben, er liest ihn noch einmal, blickt sich dann nach der nächsten Hausnummer um. Kopfschüttelnd knüllt er den Zettel zusammen und steckt ihn und den Rest wieder ein.

»Wenn Sie möchten, können wir einfach hier reingehen«, sage ich.

»Also gut, spielt eigentlich keine Rolle.«

»Sollen wir uns irgendwo ganz hinten hinsetzen? Das tut man doch, wenn man heikle Themen verhandelt«, sage ich beim Reinkommen.

Er sieht mich unschlüssig an, folgt mir dann aber. Unterwegs halte ich nach den Toiletten Ausschau. Ich deute auf einen Tisch an der Wand, er nickt zustimmend. Wir setzen uns einander gegenüber, sehen uns an.

»Was möchten Sie?«

Wenn es nach mir ginge, würde ich ein Sandwich mit Schinken und Palmherzen essen, dazu ein dunkles Bier, vielleicht auch zwei, dann einen ordentlichen Steakburger, und hinterher Blätterteiggebäck mit Karamell. Aber da erinnere ich mich schuldbewusst an die Gemüsesuppe, die einsam in meiner Küche steht, und gebe meine kalorienreichen Träume auf. Dafür überlege ich, ob normalerweise der Entführer im Restaurant zahlt oder ob ich auch diese Kosten werde übernehmen müssen. »Eine Cola light, sonst nichts.«

»Herr Ober!«, ruft die seltsame Stimme, die für mich inzwischen gar nicht mehr so seltsam klingt.

Der Typ bestellt, für mich Cola, für sich Kaffee, der Kellner geht, und wir sehen uns wieder an.

»Entschuldigung, ich muss kurz auf die Toilette.«

Als ich vor der Tür mit dem kleinen Regenschirm stehe – die Herrentoilette ist an einer Pfeife zu erkennen –, kann ich meinen am Tisch sitzenden Begleiter gefahrlos in den Blick nehmen. Ich versuche, mir seine Züge gut einzuprägen, falls ich ihn irgendwann der Polizei beschreiben soll. Schließlich betrete ich die Toilette, lasse mir kurz Wasser über die Hände laufen und kehre zu meinem Platz zurück. Ich setze mich und lächle ihn an. »Also, legen Sie los«, sage ich.

7

Der Mann mustert mich unsicher. Auf den ersten Blick ist sein Gesicht eine ausdruckslose Maske, bei genauerem Hinsehen wird hinter seinen unbewegten Zügen jedoch eine vage Beklemmung erkennbar, der ich auf den Grund zu gehen versuche. Ist es Furcht? Aufregung?

»Wie gesagt, wir haben Ihren Mann, Santiago.«

»Und, was soll ich jetzt machen?«

Er holt Luft, sieht sich um, sieht dann mich an. Beißt sich zuerst auf die Ober-, danach auf die Unterlippe. Sein Anzug ist aus gutem Stoff, elegant geschnitten, allerdings nicht ganz seine Größe. Und dem feinen Hemd sieht man an, dass es schon seit Längerem in Gebrauch ist. Ich schnuppere erneut – was ist das bloß für ein Parfüm? Einfach köstlich!

»Das ist jetzt unsere erste Kontaktaufnahme. Lassen Sie die Polizei aus dem Spiel, nicht ein Wort über unsere Verhandlungen, oder Ihr Mann stirbt. Wir wollen ihm nichts antun, aber unsere Bedingungen müssen Ihnen klar sein.«

»Unsere Verhandlungen? Unsere Bedingungen? Sie sprechen im Plural, ich sehe hier aber nur Sie.«

»Natürlich bin ich bei dieser Sache nicht allein. Ich habe einen Partner.«

Das gibts doch nicht, sage ich mir, ich habe es tatsächlich mit einer Entführung zu tun. Ich stehe zwar nicht im Mittelpunkt, doch eine wichtige Nebenrolle fällt mir sehr wohl zu. Aber wie soll ich mich verhalten? Ich versuche, mir entsprechende Szenen und Dialoge aus Filmen ins Gedächtnis zu rufen. Soll ich jetzt fordern, dass er mir einen Beweis dafür gibt, dass mein Mann noch lebt? Eine schriftliche Botschaft von ihm oder eine Aufnahme oder ein Foto, auf dem er mit der aktuellen Tageszeitung zu sehen ist? Keine Ahnung, vielleicht ein bisschen viel verlangt, wenn man unverhofft in einer solchen Situation landet.

»Geht es meinem Mann gut?«

»Ja, da können Sie beruhigt sein.«

Ich überlege, ob ich sagen soll, dass mein angeblicher Ehemann Santiago zuckerkrank ist und sich jeden Tag Insulin spritzen muss. Soll ich ihn anflehen, diesen Santiago freizulassen, zu weinen anfangen, sagen, dass er ohne seine Medizin stirbt? Doch da wird mir klar, dass ich nicht mal weiß, wie das entsprechende Medikament genau heißt. Und wer sollte mir das abnehmen?

Der Kellner bringt die Cola light und den Kaffee. Mein Begleiter weiß sich zu benehmen und schenkt mir ein. Ich mustere ihn noch einmal verstohlen. Der Anzug ist wirklich sehr gut geschnitten, nur schade, dass er ihm so um den Leib schlottert. Ob er eine längere Abmagerungskur hinter sich hat? Mit welcher Diät? Er trinkt einen Schluck Kaffee, dann noch einen, wischt sich mit der Serviette den Mund ab. Schließlich sieht er mich an und sagt ernst: »Sie können schon mal anfangen, das Geld zusammenzubekommen.«

»Das Geld?«

»Ja, das Lösegeld.«

»Wie viel?«

»Eine Million.«

Eine Million. Bei dem Wort hat die Tasse in seiner Hand leicht gezittert. Ob er Pesos oder Dollar oder Euros meint, frage ich nicht, ich weiß bloß, dass ich niemals einen Mann haben möchte, für dessen Freilassung Pesos verlangt werden.

»So viel Geld habe ich nicht«, erwidere ich. Es klingt, als würde ich einen auswendig gelernten Text aufsagen.

»Das habe ich auch nicht erwartet, darum sage ich ja, Sie sollen schon mal anfangen, die Summe zusammenzubekommen. Wir wissen, dass es da Möglichkeiten für Sie gibt.«

»Woher wissen Sie das?«

Er zögert, antwortet dann: »Von jemandem, der Ihrem Mann nahesteht.«

Nach diesen Worten sieht er mich an, ohne auch nur einmal zu blinzeln, der leicht geöffnete Mund gibt den Blick auf gleichmäßige, sehr weiße, nur vom letzten Schluck Kaffee ein wenig verfärbte Zähne frei. Hinter dem starrenden Blick entdecke ich jedoch wieder seine Ängstlichkeit, von der auch die steifen Handbewegungen nur mit Mühe ablenken können.

Ich habe also Möglichkeiten, das infrage stehende Geld aufzutreiben, behauptet er. Folglich muss ich eine Frau sein, die über beträchtliche Mittel verfügt, beziehungsweise die Ehefrau von Santiago muss jemand sein, der über beträchtliche Mittel verfügt, eine riesige weiße Villa in Carrasco, mit Pool und einem Gewächshaus, Personal, Sportwagen, einem Park mit von Kasuarinen gesäumtem Kiesweg, üppigen Bäumen und einem Teich mit Kois. Reiche Frauen haben außerdem nur selten Probleme mit ihrem Gewicht, sage ich mir, mit Übergewicht, meine ich. Mit leichtem Übergewicht, verbessere ich mich. Falsch, mit Übergewicht. Ich recke den Hals, ziehe den Bauch ein, ziehe die Bluse über die Brust. Mit leichtem Übergewicht. Mit gravierendem Übergewicht. Ich trinke guten Gewissens einen Schluck Cola light – null Kalorien. Reiche Frauen tragen keine alten Strumpfhosen mit Laufmaschen. Wie bekommt man eine Million zusammen? Woher nehmen die Angehörigen von Entführten eine Million? Ich sehe mich in der schäbigen Bar um, ein deprimierender Ort – und hier sitze ich also einem Mann gegenüber, der eine Million Lösegeld von mir verlangt, und trinke schlückchenweise eine Diätcola.

»Das wird nicht einfach sein, aber ich versuchs, glauben Sie mir.«

»Ich nehme an, dass Sie bereits mit der Polizei in Kontakt stehen und dass die Ihnen eine Menge Fragen gestellt haben.«

Ich nehme an, dass ich jetzt Ja sagen muss. Muss ich das?

»Ja«, sage ich.

»Ich nehme auch an, dass sie Sie gefragt haben, warum Sie nicht mit Santiago zusammenleben.«

Soll das heißen, ich lebe nicht mit Santiago zusammen? Die Millionärsgattin lebt nicht mit ihrem Millionär zusammen? Oje, dann also Wiedersehen, Villa mit Pool, Personal, Luxusautos. Ich empfinde eine unglaubliche Leere – soeben habe ich ein Vermögen verloren.

Ich sehe den Mann an, der auf meine Antwort wartet. »Natürlich, das war das Erste, was sie wissen wollten – warum wir nicht zusammenleben.«

Kaum habe ich das gesagt, bereue ich meine Worte. Warum soll ausgerechnet das das Erste gewesen sein, wonach mich die Polizei gefragt hat? Zuallererst hätten sie doch bestimmt wissen wollen, was die Gewohnheiten meines Mannes sind, wann er sich wo aufhält, was er normalerweise so treibt. Wer hat wohl die Vermisstenanzeige aufgegeben, nachdem er nicht zu Hause erschienen ist, oder nicht im Büro, oder nicht zu dem verabredeten Abendessen, oder nicht zur üblichen Golfpartie? Die Ehefrau kann es nicht gewesen sein, sie leben ja nicht zusammen. Eine Hausangestellte vielleicht, oder ein Gärtner? Bestimmt haben sie die woanders lebende Ehefrau aber angerufen und gefragt, wann sie ihren Ex zum letzten Mal gesehen hat, und ob sie eine Ahnung hat, wo er sein könnte. Ich spüre, wie mir der Schweiß die Brust hinabläuft. Das war keine gute Antwort, aber so nervös, wie der Mann mir gegenüber ist, scheinen ihm meine Worte nicht seltsam vorzukommen. Von draußen ist ein Hupen zu hören, er fährt erschrocken zusammen, sieht sich erneut im ganzen Raum um, trinkt seinen Kaffee aus und stellt die Tasse vorsichtig wieder auf dem Unterteller ab. Dann schiebt er die Manschetten, die aus den Ärmeln seines zu weiten Jacketts herausragen, ein Stück zurück.

»Ich muss gehen. Wir setzen uns schon bald wieder mit Ihnen in Verbindung. Wie gesagt, erzählen Sie der Polizei nichts von unserem Treffen, tun Sie einfach weiter so, als wüssten Sie nicht, wo Ihr Mann sich aufhält.«

»Warten Sie.« Ich weiß nicht, was ich sagen soll, überlege aber in aller Eile, worüber wir beide uns unterhalten könnten. Ich kann ihm ja nicht einfach so erklären, dass ich um diese Uhrzeit noch nicht ins Bett gehen will, dass ich keine Lust auf Gemüsesuppe habe, dass mich nie jemand anruft. »Wie machen Sie das, dass Ihre Stimme so verzerrt klingt?«

Der Mann lächelt zufrieden in sich hinein, wieder kann ich seine Zähne sehen, alle sind wunderschön weiß und gerade. Sehr gepflegt.

»Mit meinem Handy, es hat einen Scrambler, einen Stimmverzerrer. Großartig, kennen Sie das?«

»Nein.«

»Wie heißt das noch mal?«

»Scrambler.«

»Kann ich mal sehen?«

»Klar.« Er zieht einen Apparat aus der Tasche und hält ihn mir, unaufhörlich lächelnd, entgegen. »Hier, ein echtes Schmuckstück. Und ein wirklich hochwertiges Gerät.«

»Wunderschön. Hat es auch GPS?«

»Natürlich. Wollen Sie sehen, wo wir sind?«

Er tippt auf ein paar Tasten und präsentiert mir dann eine Landkarte, die genauso gut die Umgebung von Ulan-Bator oder Addis Abeba zeigen könnte. Wir lächeln uns an. Er greift erneut nach seiner Kaffeetasse, versucht, noch einen Schluck daraus zu trinken, tupft sich dann mit der Serviette einen unsichtbaren Fleck von den Lippen und knöpft sich anschließend einen Jackenknopf zu. Er sieht auf die Uhr, holt eine kleine Schachtel mit Medikamenten aus der Tasche und entnimmt ihr ein Aspirin. Darin sehe ich auch ein Schlafmittel, das ich kenne. »Nehmen Sie auch Schlafmittel?«

»Ja, ich hab schon seit Jahren Probleme mit dem Einschlafen, und wenn manchmal gar nichts anderes hilft, nehme ich eins, ich versuche aber, es nicht damit zu übertreiben. Die Dinger sind nicht ungefährlich, sie können Herz- und Atemstillstand verursachen. Und Sie?«

»Ja, manchmal nehme ich die auch, aber nur ganz selten.«

Wieder lächeln wir uns an.

»Darf ich fragen, wie Ihr Rasierwasser heißt?«

»Citric Tobacco.«

»Kenne ich nicht, ist das neu?«

»Ich glaube, ich habe es vor ein paar Monaten gekauft. Jetzt muss ich aber wirklich los.«

»Rufen Sie mich bald an?«

»Ja, in Kürze hören Sie von uns.«

Er steht auf, ruft den Kellner, bezahlt. Ein Glück, auf einmal wird mir klar, dass ich bei meinem hastigen Aufbruch womöglich gar kein Geld mitgenommen habe.

»Was soll ich Ihrem Mann von Ihnen ausrichten?«

Wie konnte ich das vergessen? Natürlich, ich muss ihm ein paar Worte darüber zukommen lassen, wie besorgt ich bin und wie sehr ich ihn liebe und dass er den Mut nicht verlieren soll. Aufgeregt überlege ich, wie eine richtige Ehefrau sich in diesem Augenblick äußern würde. Es muss etwas Liebevolles und Aufmunterndes sein, aber da erinnere ich mich daran, dass wir getrennt leben, und ich zögere. »Sagen Sie ihm …« In meinem Kopf herrscht schlagartig völlige Leere, mir fällt einfach nichts ein. Der Mann ergreift meinen Arm, nur ganz sacht, ich zucke zusammen, und er lässt wieder los.

»Immer mit der Ruhe, ich verstehe, dass Sie ganz durcheinander sind.«

»Wirklich?«

»Ja. Ich sage ihm, dass Sie ihn lieben, obwohl Sie sich getrennt haben, und dass Sie versuchen werden, ihn so schnell wie möglich nach Hause zu holen.«

Warum sollte ich versuchen, ihn nach Hause zu holen, wir haben uns doch getrennt? Aber jetzt ist nicht der Augenblick für Diskussionen, sage ich mir. »Ja, tun Sie das.«

»Auf Wiedersehen.«

»Warten Sie. Ich glaube, Sie haben meine Handynummer nicht.«

Er sieht mich verwirrt an. »Stimmt, danach wollte ich Sie gerade fragen.«

Er notiert die Nummer, die ich ihm diktiere, auf einem der zerknitterten Zettel aus seiner Tasche und steckt diesen anschließend wieder ein. »Jetzt aber wirklich: Auf Wiedersehen.«

Er geht schnell weg, und bevor ich überhaupt reagieren kann, ist er bereits aus meinem Gesichtsfeld verschwunden. Ich nehme meine Handtasche und gehe ebenfalls hinaus, ohne recht zu wissen, wohin ich will. Draußen vor der Bar sehe ich mich nach dem Entführer reicher Ehemänner um – er ist nirgendwo zu entdecken.

Besser, ich gehe jetzt nach Hause, zurück zu meiner Gemüsesuppe, bevor ich schwach werde und mir noch an Ort und Stelle einen dieser verführerisch fetttriefenden Steakburger einverleibe.

Ich kehre eilig zu meinem Auto zurück, vorbei an dunklen Fassaden, in deren schwarzen Löchern gleichenden Portalen sich die Obdachlosen in ihren Kartonhütten mit Wein im Tetra Pak für die Nacht eingerichtet haben. Ich gehe immer schneller, überquere eine rote Ampel, die um diese Uhrzeit keinen Sinn ergibt, und fange auf den letzten Metern fast an zu rennen.

Der Typ mit der gelben Leuchtweste steht immer noch reglos an genau derselben Stelle, beim Näherkommen schlägt mir sein Geruch ins Gesicht, jetzt überdeckt der Wein den Urin, den Schweiß und das Marihuana.

Ich drücke ihm eine Zehn-Pesos-Münze in die Hand, kaufe mir Sicherheit für die nächsten zwanzig Sekunden, bis ich im Auto sitze, starte und davonfahre.

8

Ich werfe die Handtasche auf das Cordsofa, gehe zum Computer und lasse ihn hochfahren. Es gibt so viel, was ich wissen muss! Schon seit Tagen bin ich auf keiner Zeitungsseite mehr gewesen, vielleicht schon seit einer Woche. Jetzt fällt es mir wieder ein: Das letzte Mal war nach dem Spiel Uruguay gegen Holland, also letzten Mittwoch. Selbst wenn inzwischen unser Präsident ermordet worden wäre, hätte ich nichts davon mitgekriegt. Wann war wohl die Entführung? Das muss ich unbedingt herausfinden. Wahrscheinlich gestern, höchstens vorgestern. Der Mann macht einen sehr freundlichen und rücksichtsvollen Eindruck, ich glaube nicht, dass er imstande wäre, die Frau des von ihm Entführten länger als nötig schmoren zu lassen.

Ich gehe auf die Seite von *El País*, scrolle einmal ganz bis zum Ende: Dürre, Überschwemmungen, Überfälle, Streiks, Wahlkampagnen und nochmals Wahlkampagnen – in diesem Land scheint ständig Wahlkampf zu sein. Kein Wort dagegen von irgendwelchen Entführungen. Bei *La República* ist es das Gleiche, und bei *El Observador*, *180* und *La Diaria* auch. Ob der Mann noch früher entführt worden ist? Ich suche nach älteren Meldungen. Ohne Erfolg. Ob ich irgendwo was übersehen habe? Ich werde immer nervöser, und das ist nicht gut, denn in diesem Zustand fange ich jedes Mal unweigerlich an, alles zu essen, was mir in die Hände fällt. Ich habe Hunger, ich muss aber bei meiner Gemüsesuppe bleiben. Suppe und nochmals Suppe, Ursula, nichts als Suppe.

Ich gehe in die Küche, gebe eine Kelle voll Suppe in meinen Teller, noch eine, dann stelle ich den Teller in die Mikrowelle und warte. Ich bin so hungrig, dass ich das Gerät nach kurzer Zeit wieder ausschalte, die lauwarme Suppe herausnehme und sie direkt aus dem Teller trinke. Die Flüssigkeit ergießt sich in meinen Mund und von da durch die Speiseröhre hinab in den Magen, ein Teil läuft mir jedoch über Kinn und Hals auf die Bluse – ich werde gleichermaßen satt und schmutzig.

Das wiederhole ich dreimal, bis ich das Gefühl habe, gleich zu platzen. Ich betrachte die grün bespritzte Bluse, reiße sie mir vom Leib und stopfe sie in die Waschmaschine, Pulver dazu, Programm drei, für sehr schmutzige Wäsche. Ich drücke mit so viel Kraft auf den Startknopf, dass der ein seltsames Knacken hören lässt.

Krack.

Den Rest Suppe stelle ich in den Kühlschrank, nicht, dass sie noch sauer wird, ich hasse saure Speisen.

Ich sehe mich um, von oben auf dem Kühlschrank macht das Brot mir verheißungsvolle Avancen, ich tue jedoch, als merkte ich nichts, und gehe ungerührt daran vorbei. Suppe, nichts als Suppe. Oder andere Flüssigkeiten.

Ich setze Wasser auf, für Kaffee.

Tack, tack, tack.

Tack, tack, tack.

Schon wieder, verdammter Mist.

Ich muss etwas tun, ich muss mir etwas einfallen lassen, aber jetzt kann ich nicht, mir schwirrt der Kopf von Entführungen, Ehemännern, Häusern mit Swimmingpool.

Tack, tack, tack.

Tack, tack, tack.

Verflucht, ich weiß, ich muss weiter im Internet suchen, aber wonach genau? Ich komme einfach nicht drauf, wieder herrscht völlige Leere in meinem Kopf. Ich nehme ein Tütchen Pulverkaffee aus dem Schrank. Sich aufregen hilft nichts, ich weiß, irgendwann fällt mir schon was ein. Aber alle gut gemeinten Selbsthilfesprüche bringen mich nicht weiter, ich werde trotzdem immer nervöser und aufgeregter. Bis sich allmählich doch Klarheit einstellt: Ich muss herausfinden, wer ich bin, wer mein Ehemann ist, warum sie ihn entführt haben. Ob wir Geld genug haben, um das Lösegeld zu bezahlen? Sind oder waren wir ein gutes Paar? Liebe ich ihn, oder haben sich unsere Gefühle füreinander im Lauf der Jahre verflüchtigt? Und ich selbst, die Ehefrau, wie bin ich? Schön und schlank?

Das muss ich alles herausfinden …

Fangen wir mit was Einfachem an. Ich gebe »verschwunden« und »Santiago« ein. 1 510 030 Treffer. Die ganze erste Seite bietet bloß Links zum Thema »Verschwundene in Santiago de Chile während der Pinochet-Diktatur«. Na gut, beschränken wir das Ganze auf Seiten aus Uruguay. In dem Ort Santiago Vázquez ist jemand verschwunden, vor zwei Tagen hat er seine Wohnung verlassen und ist seitdem nicht wieder aufgetaucht. Ja, allerdings war das 1998. Mal sehen, was es sonst noch gibt. Noch mehr Verschwundene, diesmal aus der Zeit der uruguayischen Militärdiktatur. Besser, ich versuche es bei den Zeitungsarchiven. Ich gehe auf die Seite von *El País* und mache mich auf die Suche nach dem Link zum Archiv, da klingelt plötzlich das Telefon. Zweimal an ein und demselben Tag, das kann nicht sein, und dann noch so spät am Abend.

»Hallo.«

»Ursula?«

»Wer ist da?«

»Amanda. Wie gehts dir?«

»Amanda, na so was. Um die Uhrzeit …«

»Ja, entschuldige, aber es ist dringend, Ursula. Ich weiß nicht, was ich machen soll, ich hab schon mehrmals versucht, dich anzurufen, aber nie ist jemand drangegangen, und ich fahre morgen doch weg, in ein paar Stunden schon – ich brauche die Übersetzung, ich muss sie Ricci schicken!«

»Ich wollte gerade mit den Sachen von diesem Dichter aus Haiti anfangen.«

»Weiter bist du noch nicht? Ricci bringt mich um, wenn ich ihm nicht mindestens die Texte bis zu der Erzählerin von der Elfenbeinküste liefere.«

»Amanda, liest du Zeitung?«

»Ja. Nein. Was weiß ich, manchmal. Warum fragst du?«

»Hast du in den letzten Tagen irgendwas über eine Entführung gelesen? Der Mann heißt Santiago, den Nachnamen weiß ich nicht.«

»Was redest du da? Ich muss gleich aufbrechen, und ich brauche die Übersetzung bis zum Kapitel mit der Erzählerin von der Elfenbeinküste. Ricci macht total Druck, Ursula!«

»Ursula, genau – die Frau von diesem Entführten, diesem Santiago, heißt auch Ursula. Überleg mal, das ist bestimmt ein Unternehmer oder sonst irgendein hohes Tier. Vielleicht haben sie bei Telenoche was darüber gesagt. Siehst du Telenoche?«

»Nein, tu ich nicht. Aber Ricci hat mindestens zehnmal angerufen, er ist nicht bereit, noch länger zu warten, er sagt, er braucht die Übersetzung auf jeden Fall morgen. Einschließlich die Sachen von der …«

Das bringt alles nichts, ich könnte Amanda stundenlang ausquetschen, selbst wenn ich sie an ihren Stuhl fesseln und einen starken Schweinwerfer auf sie richten und ihr mit Klammern die Lider aufhalten würde, würde ich bloß von ihr zu hören bekommen, dass morgen unbedingt die Übersetzung fertig sein muss. So ist sie, mehr als einen Gedanken auf einmal kann sie nicht fassen, und wenn sie von einer Sache besessen ist, kann nichts und niemand sie davon abbringen. An Sturheit ist sie nicht zu überbieten.

»Also gut, morgen früh bekommst du die Sachen von dem Dichter aus Haiti.«

»Und was ist mit der Frau von der Elfenbeinküste?«

»Übermorgen.«

Vom anderen Ende der Leitung kommt ein tiefer Seufzer.

»Also noch mal, es geht um jemanden, der verschwunden ist, Amanda, ein gewisser Santiago.«

»Irgendwas habe ich, glaube ich, gehört, heute Abend, oder gestern. Nein, gestern habe ich gar nicht ferngesehen, ich war ja beim Geburtstag von Paulita. Das ist meine ältere Tochter, die ist mit einem Diplomaten aus Kanada verheiratet. Es muss also heute Abend gewesen sein.«

Na, komm schon, denk nach, verdammt.

»Weißt du noch, was sie gesagt haben?«

»Ja, der Typ wollte auf eine Geschäftsreise gehen, er ist aber nie am Flughafen angekommen.«

»Ist das alles? Auf welchem Sender haben sie das denn gebracht?«

»Ich glaube, er wollte nach Bolivien, vielleicht auch nach Ecuador. Oder Peru? Welcher Sender, weiß ich nicht, beim Fernsehen zappe ich ständig herum.«

»Haben sie was über seine Frau gesagt? Haben sie sie interviewt?«

»Keine Ahnung, daran erinnere ich mich nicht. Sie haben ein Auto gezeigt, das zurückgelassen worden war, einen Mercedes.«

»Einen Mercedes? Bist du sicher?«

Amanda ringt mir noch das Versprechen ab, die Übersetzungen rechtzeitig abzuliefern, dann beenden wir das Gespräch, und ich setze mich wieder an den Computer.

Aber dann überwältigt mich die Müdigkeit. Ich lege mich erschöpft ins Bett. So aufgewühlt, wie ich bin, bekomme ich jedoch kaum ein Auge zu. Lange wälze ich mich hin und her, bis ich irgendwann trotzdem einschlafe.

VIERTER TAG

I

Vor mir eine Dame vom Hof des Himmlischen Kaiserreichs. Sie ist wunderschön und trägt einen bestickten Kimono mit einer Unmenge Falten, der den Eindruck macht, als wäre er aus feinster schwerer Seide. Sanft bürste ich ihr Haar, sie lächelt bloß dazu. Um ihre aufwendig hochgesteckte Frisur voller Schleifen und Spangen zu säubern, brauche ich ein Wattestäbchen, lauwarmes Seifenwasser und viel Geduld, für die Falten zusätzlich eine Lupe und einen mit weichem Stoff umwickelten Stichel. Nach ihr kommt der Samurai an die Reihe, dann die zwei blauen königlichen Löwen, die bunte Yôkai-Figur, der Beamte und die Tänzerin mit den ausgebreiteten Armen.

»Geht dir das nicht auf die Nerven, Ursula, eine Welt voller Figuren in Schuss zu halten, die es gar nicht gibt? Ist das nicht eine bloße Belastung?« – »Nein, Papa, du weißt, dass ich das gern tue, das weißt du genau, sonst hättest du sie mir nicht vermacht, was soll die Frage also? Mach dir wegen deiner Figurensammlung keine Sorgen, ich werde mich jederzeit um sie kümmern, ich liebe das repetitive Ritual, das damit verbunden ist, wirklich, Papa, was das angeht, kannst du völlig beruhigt sein.«

Hier ein bisschen Wasser, da ein Tröpfchen Wachs, dann

noch mal mit dem ganz feinen Pinsel hinterher. Und zuletzt das Ledertuch, zum Polieren.

Ich lege eine Pause ein, ich habe Hunger, schon seit Stunden, und ich kann nicht einfach weiter nur Suppe essen. Ich brauche mehr, jemand hat mir von einer Diät aus Venezuela erzählt, die sehr gut sein soll, ich suche und finde im Internet die richtige Seite, klicke das Stichwort »24-Stunden-Rhythmus« an und lese:

»Unsere Ernährung sollte dem natürlichen oder 24-Stunden-Rhythmus folgen. Frühstücken wie ein Kaiser, Mittagessen wie ein König und Abendessen wie ein Bettelmann ist immer noch die beste Methode, um den Stoffwechsel darin zu unterstützen, das Gewicht zu halten und die Hormone möglichst effektiv ihre Arbeit tun zu lassen. Nachweislich sorgen morgens verzehrte Mehlprodukte und Süßspeisen dafür, den Serotoninspiegel tagsüber hoch zu halten und zu verhindern, dass er abends übermäßig absinkt. Das ist eine entscheidende Voraussetzung, um unsere Gier nach Kohlenhydraten in den Griff zu bekommen. Nicht nur für Süßes, auch für Proteine gilt: Am besten zum Frühstück. Indem sie den Blutzuckerwert stabil halten, sorgen sie dafür, dass sich über viele Stunden kein Hungergefühl einstellt, der Muskelaufbau befördert, der Stoffwechsel beschleunigt und die geistige Aufnahmefähigkeit gestärkt wird. Abends sollten wir am wenigsten zu uns nehmen, um das Wachstumshormon nicht bei seiner Arbeit als Fettumwandler zu behindern.«

Von wegen Wachstumshormon, Fettumwandler und weiß der Teufel, was noch – ich komme um vor Hunger und brauche eine andere Diät. Von Gemüsesuppe werde ich einfach nicht satt, davon bekomme ich bloß mehr und mehr Appetit und Lust auf etwas Richtiges zum Reinbeißen. Man kann nicht leben und gleichzeitig nur wässrige Brühe in sich reinlöffeln, das reicht vielleicht für Menschen, die keine Energie verbrauchen, weil sie im Gefängnis sitzen, oder in einer Anstalt. Oder weil sie entführt worden sind … Entführte brauchen wahrscheinlich wirklich nicht besonders viele Kalorien, sie sitzen ja bloß gefesselt und geknebelt in der Ecke und rühren sich nicht. Was Santiago wohl zu essen bekommt? Ich glaube nicht, dass dieser Typ ihn verhungern lässt, er macht jedenfalls keinen bösartigen Eindruck, im Gegenteil, er wirkt eher gutmütig, bestimmt gibt er Santiago alles Nötige, damit er halbwegs gesund bleibt. Was mein Mann wohl für einen Körper hat?

Von oben ist heute gar kein Absatzgeklapper zu hören, nur sanftes Tappen, als würde sich jemand barfuß durch die Wohnung bewegen. Jetzt ist alles still. Auf einmal drückt jemand auf die Toilettenspülung, dreht einen Wasserhahn auf und wieder zu, dann wieder leise Schritte. Schließlich geht genau über mir – die Wohnungen sind ja exakt gleich geschnitten – eine Tür auf, kurz danach fällt ein Körper auf etwas Weiches. Das muss das Bett sein. Jemand macht es sich bequem, seufzt erleichtert, lustvoll. Ich setze mich auf mein eigenes Bett und lausche aufmerksam. Leises Quietschen und Knarren, die Frau bewegt sich hin und her.

Schluss mit den Fantasien, Ursula, mach lieber mit deinen Figuren weiter! Ich kehre zum Tisch zurück und setze das Großreinemachen fort. Bald treibt mich der Hunger aber wieder an den Computer. Frühstücken wie ein Kaiser, hieß es auf dieser Diätseite? Ganz meine Meinung.

Ich muss herausfinden, wie viele Kalorien ein Körper wie meiner täglich benötigt, und dann fange ich morgen mit dieser 24-Stunden-Diät an, zu hungern scheint man dabei ja nicht zu brauchen. Aber heute verwöhne ich mich erst mal ein bisschen, gleich geh ich los und kaufe Honigkekse und Karamellpudding und Müsliriegel und Eis und einen ordentlichen Steakburger. Oder zwei. Ein kleiner Trost zwischen einer Diät und der nächsten.

Wie wohl dieser Santiago ist? Groß? Dick? Das muss ich auch rausfinden, gestern war ich einfach zu müde zum Suchen.

Mal sehen, was die Zeitungen heute alles so melden – Lehrerstreik an den Staatsschulen, der Dollarkurs sinkt, Probleme beim nationalen Fußballverband, mysteriöses Verschwinden eines Unternehmers … Ah, endlich.

Santiago Losada heißt er. Mit dem bin ich also verheiratet. Das Foto ist nicht besonders scharf, allzu viel ist darauf nicht zu erkennen, aber der Typ scheint ziemlich groß und dick zu sein, füllig, aber durchaus attraktiv. Ich sehe ihn mir genau an.

Mein Mann gefällt mir. Bestimmt wohnen wir in einer Villa in Carrasco. Ja, hier stehts, das Auto wurde in der Nähe seines Hauses in Carrasco gefunden.

Und jetzt? Soll ich das Essen telefonisch bestellen oder doch selbst aufbrechen? Am besten, ich gehe zu der Eisdiele, da komme ich an dem Kiosk vorbei, der die leckeren Honigkekse aus Minas verkauft, davon nehme ich eine Packung. Und danach mache ich erst mal mit den Figuren weiter, ich habe noch mehr als die Hälfte vor mir. Und die Übersetzung von dem Dichter aus Haiti muss ich auch fertigbekommen. Eine Packung Honigkekse. Heute, ausnahmsweise – man muss das Leben schließlich auch genießen.

Warum haben die wegen diesem Santiago Losada ausgerechnet bei mir angerufen? Was haben die wohl durcheinandergebracht? Ich kapiers nicht. Der Typ wusste jedenfalls, wie ich heiße, am Telefon hat er nach Ursula López gefragt.

Ich verlasse das Haus und gehe die Calle Sarandí entlang, immer geradeaus, bis zur Eisdiele.

»Ja, bitte, was darfs sein?«

»Ein Becher mit Karamellcreme, Chocosplit, Banane, Pistazie, Minze, Schokolade, und ordentlich Sahne drauf.«

Die Verkäuferin gibt mir, was ich bestellt habe, und lächelt ihrer Kollegin dabei verstohlen zu. Ist mir doch egal, die können mich mal. Auf dem Rückweg lege ich noch einen Zwischenstopp bei dem Kiosk ein und kaufe Honigkekse, Karamellpudding, Schokolade und Müsliriegel. Den Burger lasse ich mir von einer Bar gleich um die Ecke bringen.

Endlich bin ich wieder zu Hause, endlich esse ich wieder was. Und dann mache ich mit meinen Japanern weiter.

2

Wie spät ist es?«

»Acht.«

»Das ist wirklich sehr unangenehm mit diesen Fesseln an Händen und Füßen. Für einen simplen Geschäftsführer ein bisschen übertrieben, meinen Sie nicht? Ich bin doch nicht Rambo!«

»Ich hab Ihnen schon gesagt, wir wollen keinerlei Risiko eingehen.«

»Woher haben Sie denn die Handschellen?«

»Aus einem Geschäft für Polizeiartikel.«

»Und warum haben Sie nicht zwei Paar gekauft, eins für die Hände und eins für die Füße? Das wäre doch viel praktischer.«

»Die hatten bloß eins. Außerdem reicht das, mit den Handschellen an den Füßen kommen Sie nicht weit.«

»Wo soll ich überhaupt hin, ich bin ja wie ein Paket verschnürt …«

»Die Fesseln an den Händen werde ich Ihnen jetzt mal für ein Weilchen abnehmen.«

»Immerhin etwas. Die sind total verkrampft.«

»Und, wie fühlen Sie sich?«

»Wie soll ich mich fühlen? Schlecht, mir ist schwindlig. Au, die Wunde an meinem Kopf ist ja immer noch nicht richtig zu. Sehen Sie nicht, dass ich verletzt bin?«

»Tut mir leid, wir wollten Ihnen nicht wehtun, glauben Sie mir.«

»Natürlich, Sie und Ihr eingebildeter Freund wollen nur mein Bestes.«

»Fehler passieren nun mal jedem. Aber gewalttätig sind wir nicht.«

»Und woher kommt dann meine Kopfverletzung? Mir ist die ganze Zeit schwindlig und schlecht. Haben Sie mir ein Schlafmittel gegeben? Wie lange bin ich denn schon hier? Was das Geld angeht …«

»Ich werde versuchen, etwas gegen das Schwindelgefühl für Sie zu besorgen. Wollen Sie mal pinkeln? Soll ich Ihnen das Gefäß dafür hinstellen?«

»Ja, bitte, so schnell, wie es geht.«

»Ich habe mich mit Ihrer Frau getroffen.«

»Mit Ursula?«

»Ja. Wir sind uns in verschiedenen Punkten einig geworden.«

»Sie haben noch mehr Geld von ihr verlangt, nehme ich an.«

»Noch mehr Geld? Wieso noch mehr Geld?«

»Ich habe Hunger, können Sie mir was zu essen geben?«

»Natürlich, ein Sandwich und einen Kaffee kann ich Ihnen anbieten. Mein Partner muss jeden Moment kommen, er hat bestimmt noch mehr zu essen dabei.«

»Warum lassen Sie mich nicht frei? Sie haben doch bekommen, was Sie wollten.«

»Wie meinen Sie das?«

»Na, das Geld …«

»…«

»Das Geld, das Sie wollten, haben Sie.«

»Was für Geld?«

»Tun Sie nicht so – das Geld aus meiner Aktentasche.«

»Aktentasche? Sie hatten eine Aktentasche? Und wo ist die?«

»Sie müssen sie aus meinem Auto genommen haben. Spielen Sie nicht den Unschuldsengel, Sie haben mich entführt, weil Sie wussten, dass ich die Tasche mit dem Geld dabeihatte. Warum wollen Sie mir was vormachen? Sie haben das Geld doch.«

»Im Auto war eine Aktentasche von Ihnen, sagen Sie?«

»Na sicher, unter meinem Sitz. Es war riskant, mit dem Geld auf Reisen zu gehen, das war mir klar, aber was hätte ich sonst tun sollen …«

»Ich fasse es nicht.«

»Was fassen Sie nicht?«

»…«

»Erzählen Sie mir bloß nicht, Sie haben die Kohle nicht. Dann hat Ihr angeblicher Freund das ganze Geld für sich behalten. Der hat Sie ganz schön verarscht, mein Herr … Ich glaube, ich fange gleich an zu lachen, das darf ja wohl nicht wahr sein.«

»Mein Partner muss jeden Augenblick hier sein, dann wird sich die Sache aufklären.«

»Da wäre ich mir nicht so sicher. Gewöhnen Sie sich lieber schon mal an den Gedanken, dass er mit dem Geld abgehauen ist. Er hat bestimmt ein Mobiltelefon – warum rufen Sie ihn nicht einfach an?«

»Wie viel war denn in der Tasche?«

»Eine halbe Million.«

3

Ich habe das Auto in die Werkstatt gebracht – die Bremsbeläge müssen erneuert werden – und bin in ein Shoppingcenter gegangen, um ein paar Sachen zu besorgen, die ich noch brauche, um die japanischen Figürchen zu säubern. Für die Rückkehr in meine Wohnung nehme ich den Bus, ich steige ein, der Fahrer drückt auf einen Knopf, und das Ticket kommt raus. Schon bald werden unter ein und derselben Sonne Menschen wie ich leben, die ihr Ticket früher noch vom Schaffner ausgehändigt bekamen, nachdem er seinen mechanischen Fahrkartenapparat betätigt hatte, und Menschen, die nichts anderes kennen als unpersönliche Automaten. So wird ein simples Ticket zum Kriterium, das die Welt in ein Vorher und Nachher scheidet. Mit solchen Gedanken beschäftigt, nehme ich das bedruckte Stück Papier entgegen, das der Automat ausspuckt, und frage mich, warum ich jedes Mal unfehlbar auf der Seite der Alten lande, obwohl ich noch gar nicht alt bin.

Es sind nur wenige Leute im Bus, ich kann mir also einen Platz aussuchen. Ich lasse den Blick durch den Innenraum schweifen, es gibt mehrere freie Zweiersitze. Eigentlich lasse ich mich aber lieber neben jemandem nieder, der interessant aussieht, um ihn aus dem Augenwinkel betrachten zu können, seinen Duft einzusaugen, ihn atmen zu hören und, mit ein wenig Glück, beim Telefonieren zu belauschen. Heimlich berühre ich den Stoff seiner Jacke und versuche zu erschnuppern, welches Parfüm oder Deodorant er benutzt oder welchen Geruch – oder meinetwegen Gestank – er verbreitet. Ebenso gern inspiziere ich die Schuhe meiner Mitreisenden, bei Frauen im Sommer auch die Zehennägel, die Haarfarbe, oder ich versuche, graue Haare zu entdecken, die sich erfolgreich dem Tönen widersetzt haben, oder Flecken auf der Kleidung oder Verfärbungen an den Zähnen ausfindig zu machen.

Es gibt ein Mädchen mit Kopfhörer, einen Mann im Anzug, der Zeitung liest, einen Mann im Overall, der einen Werkzeugkasten auf dem Sitz neben sich abgestellt hat, zwei Kinder auf dem Weg in die Schule oder zurück nach Hause und eine ältere Frau, die telefoniert. Ich entscheide mich für Letztere, fremde Gespräche ziehen mich an, ich lasse mich also neben ihr nieder und mustere sie verstohlen. Sie wirft mir beim Sprechen einen kurzen Blick zu und richtet die Augen danach wieder auf die leeren Sitze vor ihr. Ich tue, als würde mich das alles nichts angehen, und starre auf die vorbeiziehende Calle Andes, Sexkinos, Dreck, bröckelnde Fassaden, ein wahrer Augenschmaus. Gleichzeitig bin ich ganz Ohr, auch wenn ich dabei vom Busfahrer gestört werde, der das Radio auf volle Lautstärke gestellt hat, damit alle seine Lieblingsmusik genießen können. Die Frau scheint mich vergessen zu haben und redet munter drauflos.

»Nein, Schätzchen, so kannst du deinen Chef nicht dazu bringen, dass er sich für dich entscheidet und nicht für deinen Kollegen. Ich habs dir doch erklärt.« Sie senkt die Stimme. »Du musst ihn aus dem Weg räumen.« Sie spricht noch etwas leiser. »Du musst alles, was von ihm kommt, schlechtmachen. Was glaubst du, wie euer Chef Chef geworden ist? Nein, der braucht dir nicht leidzutun, dieser – wie heißt er noch mal, Diego? Genau, Diego macht umgekehrt bestimmt haargenau das Gleiche. Gut, gut. Papa? Nein, nächste Woche ist ja sein Geburtstag, aber dein Herr

Papa will von einer Feier zu Hause nichts wissen. Am besten gehen wir in ein Grillrestaurant, mehrere Sorten Fleisch, gute Salate, zwei, drei verschiedene Nachtische. Wie? Nein, kenne ich nicht.«

Ich schiele auf die Türkishalskette meiner Sitznachbarin, wahrscheinlich Kunsthandwerk aus Mexiko oder Guatemala. Wunderschön. Ob sie das von einer Reise mitgebracht hat? Oder hat ihr das jemand geschenkt? Irgendwann öffnet sie die Handtasche, ein elegantes Modell aus feinem Leder, holt einen Kamm heraus und fängt an, sich die braunen Locken mit den blonden Strähnchen zu kämmen. Dabei sieht sie zum Fenster hinaus. Wenn sie den Kopf bewegt, verbreitet sich ein Geruch nach Friseur, Shampoo, Gel, Festiger.

»Doch, das ist es wert, dein Vater wird schließlich nicht jeden Tag sechzig. Wen? Onkel Pedro und Tante Mercedes? Ich weiß nicht, Mariana, sollen wir die wirklich einladen? Die haben wir doch schon ewig nicht mehr gesehen.«

Jetzt steigen noch zwei Mädchen mit Kopfhörern ein und setzen sich eng nebeneinander. Doch weiter voneinander entfernt als in diesem Augenblick könnten sie gar nicht sein, so ganz in ihre Musik versunken. Da nimmt die eine den Hörknopf aus dem Ohr und sagt etwas zu ihrer Begleiterin, beide lachen und konzentrieren sich dann wieder auf ihre Musik, die reinsten Autistinnen. Von dem Gerede der Frau neben mir habe ich langsam genug, ihre Geburtstagsplanungen öden mich an, lieber richte ich die Aufmerksamkeit auf die Calle Paysandú, die jetzt an uns vorbeizieht, die harmonische Wölbung der Kuppel der Augustinerkirche, die grauenvolle Zentralbank. Der Fahrer drängt uns weiterhin seinen Musikgeschmack auf. Ich stehe auf und setze mich neben einen älteren Mann um die siebzig. Sein Jackett ist ein wenig abgetragen, die Schuhe ungeputzt, arm scheint er aber nicht zu sein, eher nachlässig, was sein Äußeres angeht.

Er hat etwas von einem Buddha, der tagaus, tagein die öffentlichen Verkehrsmittel benutzt und sich durch nichts aus der Ruhe bringen lässt. Mir gefällt der friedliche Eindruck, den die waagrechten Falten an seinen Augen hervorrufen.

»Können Sie mir sagen, wie spät es ist?«

Die plötzliche, von einem durchdringenden Blick begleitete Frage erschreckt mich – müssen Buddhas wissen, wie viel Uhr es ist?

Die waagrechten Falten streben jetzt die Senkrechte an. »Halb sechs.« Der Mann sieht wieder zum Fenster hinaus, die Falten kehren in die Waagrechte zurück, und erneut ist alles friedlich.

Dass der Gitarrist eingestiegen ist, habe ich nicht mitbekommen, ich war abgelenkt. Schon greift er in die Saiten, macht sich bereit für den kleinen Auftritt. Hat der Fahrer sein Radio ausgeschaltet? Ja, erstaunlich, was für Wunder ein einfacher Straßenmusiker bewirken kann. Doch das hat seinen Preis. Ich versuche, mich ganz auf das Aussehen der Welt jenseits der Fensterscheibe zu konzentrieren, an jeder Kreuzung erhascht man im Hintergrund einen kurzen Blick auf den Hafen, auf Segmente von Schiffen, die schon im nächsten Moment von der Wand eines baufälligen Hauses verdeckt werden. Ich atme den Geruch nach Salz und Öl ein.

Jetzt lehnt der Sänger sich an eine unbesetzte Bank, sieht die Fahrgäste an und beginnt mit der unvermeidlichen Ansage: »Sehr geehrtes Publikum, Sie hören jetzt ein Lied des Dichters Julián Salvo, unseres großen Künstlers vom Río Olimar. Es geht ungefähr so.«

Als die Stimme das Innere des Busses erfüllt, sind meine bisherigen Gedanken schlagartig wie ausgelöscht. Bei dem Klang stellen sich mir sämtliche Haare auf.

Denken konnt ich da schon nimmer,
vom Trinken wurde es bloß schlimmer,
mein blinder Trieb, der führt' mich zielgenau
zur falschen Frau, zur falschen Frau,
zur faaaaaaalschen Frau,
zur faaaaaaalschen Frau …

Gleich kommt meine Haltestelle, ich schieße auf und gehe hastig zum Ausgang, fast renne ich.

Die falsche Frau, die falsche Frau – da fällt es mir wie Schuppen von den Augen: Die andere Frau heißt auch Ursula López, genau wie ich. Santiagos Frau und ich haben den gleichen Namen, deshalb ist es zu der Verwechslung gekommen. Das heißt, irgendwer hat im Telefonbuch nachgesehen oder bei der Auskunft gefragt und dann die falsche Ursula angerufen.

Die falsche Ursula – das bin ich.

Ich springe fast aus dem Bus.

Erst als dieser anfährt und sich dann immer weiter von mir entfernt, verklingt das Lied des Dichters vom Río Olimar, bis irgendwann nichts mehr davon zu hören ist.

4

Hallo, spreche ich mit Ursula López?«

»Ja, das bin ich, und wer sind Sie?«

»Eine Freundin. Hören Sie gut zu, Ursula, wir haben Ihren Mann.«

»Endlich.«

»Was heißt endlich?«

»Ich habe schon darauf gewartet, dass jemand anruft, allerdings keine Frau.«

»Was hatten Sie denn erwartet? Dass ein Mann anruft?«

»Ist ja egal. Legen Sie los!«

»Wir müssen über das Lösegeld reden.«

»Sagen Sie doch einfach, wie viel Sie verlangen.«

»Wir wollen zwei Millionen, Ursula.«

»Gut, die muss ich aber erst mal zusammenbekommen, dafür brauche ich Zeit.«

»Ich weiß. Ich weiß aber auch, dass Sie genug in der Hinterhand haben. Ich gebe Ihnen vierundzwanzig Stunden.«

»Wo?«

»Was heißt wo?«

»Wo soll ich Ihnen das Geld übergeben?«

»Beschaffen Sie erst mal das Geld, die weiteren Instruktionen folgen dann. Und kein Wort an die Polizei, das wissen Sie ja.«

»Das wäre das Letzte, was mir einfallen würde.«

»Haben Sie schon mit der Polizei gesprochen?«

»Ja, ein Mal. Von der Haushälterin habe ich erfahren, dass

mein Mann verschwunden ist und dass die Polizei sein Auto aufgefunden hat. Später sind sie dann zu mir gekommen und haben mir ein paar Fragen gestellt.«

»Wurden Sie verhört?«

»Sozusagen. Sie wollten wissen, wann ich ihn zum letzten Mal gesehen habe, und so. Aber keine Sorge, ab sofort erfahren die von mir nichts mehr.«

»Ich sehe, dass wir uns verstehen. Dann kümmern Sie sich jetzt um das Geld, aber unauffällig!«

»Wie gehts meinem Mann?«

»Gut, gut. Keine Sorge, Sie bezahlen, und dann bekommen Sie ihn heil und gesund zurück.«

»Hören Sie, ich muss Ihnen noch etwas sagen.«

»Dass er zuckerkrank ist? Braucht er irgendwelche besonderen Medikamente?«

»Nein. Wie kommen Sie darauf, dass er zuckerkrank ist?«

»Vergessen Sies, war bloß so eine Idee …«

»Also, hören Sie gut zu: Ich möchte nicht, dass Sie ihn freilassen.«

»Sie möchten nicht, dass wir Ihren Mann freilassen?«

»Genau.«

»Habe ich richtig verstanden – wir sollen Ihren Mann umbringen?«

»Machen Sie mit ihm, was Sie für richtig halten. Ich gebe Ihnen drei Millionen, und Sie sorgen dafür, dass er verschwindet. Und zwar für immer.«

»Einverstanden. Besorgen Sie das Geld, und wir lassen ihn verschwinden.«

»Ganz so schnell geht das nicht, ich kann das Geld nicht einfach bei der Bank abheben, das wäre viel zu auffällig und würde eine Untersuchung nach sich ziehen. Die Ehefrau gehört automatisch zu den Hauptverdächtigen.«

»Stimmt. Die Ehefrau und der Verwalter.«

»Wir haben keinen Verwalter.«

»Und was ist mit einer Köchin? Haben Sie ein Hausmädchen? Und einen Gärtner?«

»Ja, das haben wir alles, warum fragen Sie?«

»Und ein Haus in Carrasco, mit Pool, Kasuarinenallee und Gewächshaus?«

»Ja, das Haus hat einen Pool, und eine Kasuarinenallee und ein Gewächshaus gibt es auch. Ich wohne allerdings nicht mehr mit meinem Mann in dem Haus in Carrasco, ich lebe jetzt in Pocitos, in einer Wohnung. Wir haben uns getrennt. Warum fragen Sie das alles?«

»Nur so, spielt keine Rolle. Wenn es keinen Verwalter gibt, bleibt bloß die Ehefrau.«

»Und die Geliebte.«

»Gibt es auch eine Geliebte?«

»Darüber möchte ich nicht sprechen. Warum wollte er wohl nach Bolivien, was meinen Sie?«

»Doch wohl nicht, um sich da mit seiner Geliebten zu treffen …«

»Darüber will ich nicht sprechen, das habe ich schon gesagt.«

»Keine Sorge, ich kann schweigen wie ein Grab.«

»Der Schuft betrügt mich, schon seit Langem. Aber inzwischen weiß ich Bescheid.«

»Wir sorgen dafür, dass damit Schluss ist. Sie brauchen bloß das Geld zu besorgen.«

»Das muss ich übers Ausland abwickeln, das wird ein paar Tage dauern.«

»Kein Problem. Aber achten Sie darauf, dass die Scheine nicht durchnummeriert sind.«

»Alles klar. Rufen Sie übermorgen wieder an.«

»Um die gleiche Uhrzeit?«

»Wann immer Sie wollen. Ist Ihre Nummer die, die hier auf meinem Display erscheint?«

»Nein, so naiv bin ich auch wieder nicht. Ich rufe von einer Telefonzelle aus an.«

»Sehr gut, man sollte immer alles genau bedenken, die Polizei schläft nicht. Rufen Sie nie von einem Telefon aus an, das man mit Ihnen in Verbindung bringen könnte, verstanden? Und immer von einem anderen Apparat.«

»Ja.«

»Die nötigen Chipkarten bekommen Sie an jedem Kiosk, da können Sie irgendeinen Fantasienamen angeben.«

»Ach ja? Wusste ich gar nicht.«

»Tun Sie, was ich sage, dann kann nichts schiefgehen. Auf Wiederhören.«

»Auf Wiederhören.«

5

Sehr geehrte Nachbarin aus Wohnung 602,
ich habe versucht, Sie persönlich anzusprechen, und deshalb mehrmals zu unterschiedlichen Tages- und Nachtzeiten bei Ihnen geklingelt, leider habe ich Sie aber nie zu Hause angetroffen. Wie ich gestehen muss, hatte ich bei einem meiner Versuche den Eindruck, es tut sich etwas am Guckloch Ihrer Wohnungstür, weshalb in mir der Verdacht aufkam, Sie möchten gar nicht öffnen. Wie Sie wissen, habe ich Ihnen vor einiger Zeit geschrieben, um Sie auf das Problem aufmerksam zu machen, das Ihre auf dem Parkettboden Ihrer Wohnung klappernden Absätze für mich darstellen. Haben Sie meine Nachricht gelesen? Offenbar nicht, jedenfalls habe ich, was dieses so lästige Geräusch angeht, bislang keinerlei Veränderung feststellen können.

Diese Woche, ja, wahrscheinlich den ganzen Monat über werde ich stark durch meine Arbeit als Übersetzerin in Anspruch genommen sein, eine Tätigkeit, die nicht nur höchste Konzentration verlangt, sondern auch genaue Kenntnis unterschiedlicher Sprachen, Sensibilität und künstlerisches Einfühlungsvermögen. Der Übersetzer, verehrte Nachbarin, verschafft sich zunächst einen ersten Eindruck von einem Text, um sich diesen anschließend ganz und gar einzuverleiben und in etwas unverwechselbar Eigenes zu verwandeln, das seinerseits ein Kunstwerk darstellt. In der Auseinandersetzung mit dem fremden Text führt der Übersetzer einen ständigen Kampf zwischen Wort und Geist, Buchstabentreue und Freiheit, und an der schmalen Grenzlinie zwischen beidem findet die eigentliche schöpferische Leistung statt. Haben Sie eine Vorstellung davon, was es heißt, schöpferisch tätig zu sein? Um es gleich zu sagen: Grundvoraussetzung dafür ist Ruhe. Genau die Ruhe, die mir fehlt, weil Ihre Absätze beim Auftreffen aufs Parkett ein trockenes Geräusch hervorrufen, das mich reizt, nervös macht und an der Ausübung künstlerischer Arbeit hindert.

Umso eindringlicher bitte ich Sie, etwas zu unternehmen, Teppiche auszulegen, barfuß zu gehen oder meinetwegen zu levitieren, wenn Sie auf der Suche nach einem kühlen Getränk Ihren Kühlschrank ansteuern.

Mit freundlichen Grüßen
die Nachbarin aus Wohnung 502

PS: Beiliegend die Adresse eines Teppichgeschäfts, das wegen Auflösung seiner Bestände 50 % Rabatt auf alles gewährt.

PPS: Welche Schuhgröße haben Sie? Wenn ich das nächste Mal einkaufen gehe, kann ich Ihnen gerne ein Paar Pantoffeln der im vorherigen Brief genannten Marke mitbringen.

FÜNFTER TAG

I

UNTERNEHMER WEITERHIN VERSCHWUNDEN
Der Unternehmer Santiago Losada, dessen Auto heute in den frühen Morgenstunden verlassen aufgefunden wurde, bleibt weiterhin verschwunden. Nach Auskunft seiner Hausangestellten war der Geschäftsmann am vorausgegangenen Abend um 23.00 Uhr zu Hause aufgebrochen, um mit seinem Wagen, einem Mercedes Benz, den Flughafen anzusteuern, von wo aus er eine Reise in die bolivianische Hauptstadt La Paz antreten wollte. Offensichtlich ist er nicht am Flughafen eingetroffen, jedenfalls hat er nicht für den geplanten Flug eingecheckt. Das Auto wurde kurz vor Tagesanbruch von Polizeibeamten in einer Straße im Stadtteil Carrasco unweit von Losadas Wohnsitz entdeckt. Auch wenn bislang nicht eindeutig feststeht, dass es sich um eine Entführung handelt, geht die Polizei davon aus, dass Losada gegen seinen Willen festgehalten wird, um seine Familie zur Zahlung eines Lösegeldes zu zwingen. Trotz intensiver Suche durch die Sicherheitskräfte konnte bislang keinerlei Spur von dem Verschwundenen gefunden werden. Die Ergebnisse der kriminaltechnischen Untersuchung des Fahrzeugs stehen noch aus.

2

Geräuschlos öffnet sich die Tür, ebenso geräuschlos sind meine Schritte auf dem Teppichboden, der sich von Wand zu Wand erstreckt. Wie auf Katzenpfoten durchquere ich das Sprechzimmer, murmele einen Gruß und lasse mich in den grünen Polstersessel sinken, der meinen Körper bereitwillig aufnimmt. Hier drinnen gibt es weder Geräusche noch Farben, nur ein leiser Duft nach Möbelpolitur und Wachs mit Zitrusnote liegt in der Luft, ein besänftigender, leicht süßlicher Geruch.

Frau Doktor Ferrés wirft einen Blick in ihre Unterlagen. Sie trägt eine Brille, die an einer Kette befestigt ist, und eine makellos weiße Bluse mit Plisseefalten. »Letzten Donnerstag haben Sie mir von Briefen erzählt, die Sie nach dem Tod Ihres Vaters gefunden haben.«

»Ja, mein Vater und meine Tante hatten eine Beziehung, das habe ich Ihnen bereits in unserer letzten Sitzung erklärt.«

»Hatten Sie von dieser Beziehung schon früher etwas bemerkt?«

»Ja, ich wusste Bescheid, ich hatte viele Jahre davor Fotos der beiden entdeckt. Meine Tante hat mich mit den Fotos in den Händen überrascht und die Sache nicht abgestritten, erklärt hat sie allerdings auch nichts dazu. Trotzdem hatte ich dieses Thema verdrängt, glaube ich, wie vieles, was mit meiner Vergangenheit zu tun hat, vor allem Dinge, die meinen Vater betreffen. Da habe ich alle möglichen Lücken oder Leerstellen, als hätte ich die Monate vor und nach seinem Tod mehr oder weniger schlafend zugebracht. Heute kommt es mir so vor, als wäre die Zeit damals im Nu vergangen.«

»Woher kommen diese Leerstellen, was meinen Sie?«

»Keine Ahnung, das Gedächtnis ist nun mal wählerisch, oder? An manche Dinge erinnern wir uns, und an andere eben nicht.«

»Was wissen Sie noch vom Tod Ihrer Tante?«

»Fast nichts mehr, die blutdurchtränkten Laken, das leichenblasse Gesicht der Hausangestellten, sehr viel mehr ist da nicht. Ansonsten erinnere ich mich nur an das, woran meine Schwester sich erinnert, also an das, was sie mir erzählt hat«, lüge ich, warum, weiß ich selbst nicht.

Frau Doktor Ferrés antwortet nicht, sie schreibt etwas in ihre Unterlagen, blättert ein paar Seiten zurück, liest. Diese professionelle Teilnahmslosigkeit kränkt mich, eine Antwort bleibt aus, lieber wäre es mir, sie würde mich spöttisch oder auch mitleidig ansehen. Ihr farbloses Schweigen finde ich grässlich. Wenn ich den Kopf zur Seite drehe, kann ich durchs Fenster das fast vertrocknete Laub des Baums sehen, der gegenüber der Praxis steht.

»Haben Ihr Vater und Ihre Tante die Beziehung geheim gehalten, oder haben sie sie offen gezeigt?«

»Sie haben sie geheim gehalten.«

»Sie waren beide freie, erwachsene Menschen, sie hätten nichts zu verheimlichen brauchen, finden Sie nicht?«

Weder finde noch sage ich etwas. Doktor Ferrés wartet einen Augenblick, dann spricht sie weiter.

»Wie haben Sie sich beim Lesen der Briefe gefühlt?«

»Wie meinen Sie das?«

»Sie waren ja nicht für Sie bestimmt.«

»Spielt das eine Rolle? Nein, ich habe nichts dabei gefunden, diese Briefe zu lesen, auch wenn sie nicht für mich bestimmt waren. Oder vielmehr, ich habe sie gerne gelesen, es war ein bisschen, als würde ich in ein fremdes Zimmer hineinsehen, wie ein Spion … Verstehen Sie? Außerdem war mein Vater da schon tot, und wenn er die Briefe hätte geheim halten wollen, hätte er sie ja verbrennen können. Hat er aber nicht.«

»Ihr Vater konnte ja nicht wissen, dass er so bald sterben würde.«

»Kann sein, stimmt, er war ja gerade mal sechzig und bei guter Gesundheit.«

»Woran ist er eigentlich gestorben? Vielleicht haben Sie mir das auch schon mal gesagt, aber dann habe ich es vergessen.«

Im Zimmer ist es heiß, auf einmal fühle ich mich unwohl in dem klebrigen Sessel, der mich förmlich aufsaugt. »Herzkreislaufstillstand.«

Sie notiert meine Antwort in ihren Unterlagen. Welche Rolle spielt es, woran mein Vater gestorben ist? Trotzdem hakt sie nach.

»Und wie kam es dazu?«

»Er hat Schlafmittel genommen.«

»War es ein Versehen?«

»Nein, das glaube ich nicht. Mein Vater hat sich umgebracht.«

»Das wusste ich nicht, davon haben Sie nie etwas erzählt.«

Wieder macht sie sich eine Notiz. Ich frage mich, was genau sie sich aufschreibt. Vielleicht überlegt sie, ob ich auch imstande wäre, mich umzubringen. Das ist alles so banal und vorhersehbar, dass mir schlecht wird.

»Warum haben Sie nie darüber gesprochen?«

»Vielleicht, weil Sie nie danach gefragt haben. Meinen Sie nicht?« Sie sieht mich über den Rand ihres schwarzen Brillengestells hinweg an, schreibt noch etwas auf, schiebt sich die Brille dann ganz nach oben, um sie gleich darauf abzunehmen. »Sprechen wir noch mal über die Briefe.«

Also gut, warum habe ich die gelesen, will sie wissen. Warum nicht, sage ich mir, sie waren schließlich da, wie eine angelehnte Tür, die einen auffordert, einzutreten. »Ich habe sie gern gelesen. Ich glaube, die geheimen Welten anderer Menschen ziehen mich an.«

»Wie meinen Sie das?«

Wie in einer plötzlichen Rückblende sehe ich mich selbst, wie ich vorsichtig den Telefonhörer abnehme, die Hand auf die Sprechmuschel lege und mit angehaltenem Atem verfolge, was mein Vater flüsternd einer anderen Person mitteilt. Als ich höre, dass aufgelegt wird, lege ich auch rasch auf. Wieso fällt mir das jetzt wieder ein? Soll ich Doktor Ferrés davon erzählen? »Das, was die Leute nicht zeigen wollen, interessiert mich umso mehr. Ich sehe gerne anderen zu, wenn sie mich nicht sehen können. Es gefällt mir, Leute zu beobachten, die sich unbeobachtet fühlen. Und sich deshalb nicht verstellen.«

»Sie spionieren also gerne andere Menschen aus, ja?«

Ich richte mich auf und beuge mich ein wenig vor, aber ohne Kontakt zur Rückenlehne fühle ich mich noch unwohler. Ich öffne die Handtasche, hole mein Handy heraus und schalte es aus, das hatte ich beim Reinkommen vergessen. Die Zimmerwände sind weiß, die Möbel dunkel, die Rücken der Bücher im Regal auch. Kein Geräusch, keine Farben, dafür dieser penetrante Zitrusduft, von dem sich mir der Magen umdreht. Mir wird immer übler. »Ja, das mache ich gern. Geht das nicht allen so?«

Sie sieht mich an, in ihren Augen blitzt es neugierig auf, die erste normale Reaktion von ihr in dieser Sitzung. Gleich danach setzt sie wieder die professionelle Maske auf. Ich sage noch einmal: »Geht das nicht allen so?«

»Sprechen wir noch mal über die Briefe. Was haben Sie bei der Lektüre empfunden?«

»Wut.«

»Wut auf Ihren Vater?«

»Wut, einfach nur Wut. Vielleicht auf beide.«

»Was schreiben Ihr Vater und Ihre Tante in den Briefen? Warum hat Sie das so wütend gemacht?«

»Darüber möchte ich nicht sprechen.«

Sie macht sich eine Notiz, sieht mich dann erneut über den Brillenrand hinweg an. »Worüber möchten Sie sprechen?«

Möchte ich überhaupt sprechen? Nein, heute nicht, heute möchte ich nicht sprechen. Warum bin ich dann eigentlich hier, was erhoffe ich mir von den Sitzungen bei Doktor Ferrés?

»Ich habe einen interessanten Mann kennengelernt.«

Wieder schreibt sie etwas in ihre Unterlagen. Eine neue Fährte tut sich auf. »Haben Sie eine Beziehung mit ihm?«

Während sie spricht, macht sie sich hastig weitere Notizen. Was sie da wohl alles aufschreibt? Die Dicke fängt an, sich für einen anderen Menschen zu interessieren, die Dicke empfindet Wut, die Dicke kann sich an komplette Teile ihres Lebens nicht erinnern. Die Dicke hat einen Mann kennengelernt. Ich drehe den Kopf zur Seite, um durchs Fenster den Baum zu betrachten, mein Blick bleibt aber an den Gardinen hängen, sie sind genauso dunkel und schwer wie die Möbel und die Buchrücken. Unterhalb des Fensters steht ein Tisch, auf dem Tisch ein Krug mit Wasser und mehrere Gläser. Ich merke, dass mein Mund ganz ausgedörrt ist. Ich stehe auf, gehe zu dem Tisch, gieße Wasser in ein Glas und trinke. »Nein, wir sehen uns nur ab und zu, aus einem besonderen Grund.«

»Und was ist das für ein Grund?«

Ich überlege. »Geschäfte.«

»Inwiefern interessiert Sie der Mann?«

Ich durchforsche mein Inneres auf der Suche nach der passenden Antwort. Passend für sie, vor allem aber passend für mich. »Ich will ihn vor der Schlechtigkeit der Welt bewahren.«

»Wie meinen Sie das?«

Sie wartet, dass ich weiterspreche, das werde ich aber nicht tun, ich bin hier, weil ich dick bin und weil mein Arzt wissen will, warum ich dick bin. Beziehungsweise, er will, dass *ich* weiß, warum ich dick bin, weil er glaubt, dass ich dann irgendwann nicht mehr dick sein werde.

Doktor Ferrés wechselt schlagartig das Thema. »Womit hat Ihr Vater sich das Leben genommen, Ursula, mit welchem Mittel, wissen Sie das?«

»Nein«, lüge ich. »Jetzt muss ich gehen.«

Soll ich sagen, dass ich eine Verabredung mit dem Schicksal habe? Hört sich ein bisschen kitschig an.

»Wir sehen uns nächste Woche.«

Ich stehe auf, stecke eine Hand in die Tasche und umklammere den Blister mit dem Schlafmittel.

SECHSTER TAG

I

Ich gehe die Calle Sarandí entlang, biege dann in die Calle Zabala, Richtung Hafen. Jetzt, am Mittag, sind viele Menschen unterwegs, und ich habe ständig das Gefühl, dass die Leute sich nach mir umdrehen. Nennt mich Ursula, ja, ich bin der weiße Wal, möchte ich den Leuten zuschreien.

Mittags esse ich hier fast immer im Markt, aber nicht in einem der Restaurants, die zur Straße gehen und voller Touristen sind, sondern in einem der Lokale im Inneren, wo es nach Öl und Fisch riecht und Papierdecken auf den Tischen liegen. Es gefällt mir, wie das einfallende Sonnenlicht vom schmutzigen Glas der Kuppel aufgefächert wird. Das Ganze hat etwas Schlichtes, Bodenständiges, um mich herum Tangosänger, Manager beim Businesslunch, Studenten, die bloß schnell eine Bratwurst verzehren, Paare, die sich küssen, als täten sie etwas Verbotenes. Ich suche mir einen Tisch in einer ruhigen Ecke und setze mich. Jedes Mal komme ich mit dem Vorsatz, bloß einen großen Salat zu bestellen, zuletzt wird dann aber unweigerlich ein Gabeldorsch an brauner Butter daraus oder ein Pfeffersteak oder mit Ricotta gefüllte Ravioli in Tomatensauce. Während der Kellner meine Bestellung notiert, wirft er immer wieder verstohlene Blicke auf meine massigen Arme, mein Doppelkinn, die schwabbligen Brüste, die den schwabbligen Bauch verdecken, der die schwabbligen Oberschenkel verdeckt.

»Und zum Trinken?«

»Eine Cola light.«

»Warten Sie noch auf jemanden?«

»Nein.«

Der Kellner räumt die übrigen Gedecke ab und sieht mich dabei die ganze Zeit an, ohne mich anzusehen. Ich weiß, dass er insgeheim lacht, trotz der ernsten Miene, die er zur Schau stellt. Die Dicke, die immer allein kommt, die Dicke, die Gebratenes mit Sauce oder Nudelgerichte bestellt, zum Trinken aber bloß Diätcola. Insgeheim lacht er, geht dann in die Küche und gibt die Bestellung weiter.

»Tu dem Fettwanst ja genug Fisch auf, wenn die nicht satt wird, fällt sie noch über mich her«, sagt er bestimmt dazu. Oder ähnliche Nettigkeiten.

Dick sein heißt nicht nur dick sein, nicht nur Übergewicht haben und kaum die Treppe hinaufkommen, auch nicht nur, keine Taille besitzen und dafür ein umso größeres Schwabbelkinn und gesundheitlich in bedenklichem Zustand sein. Dick sein bedeutet, ständigen Demütigungen ausgesetzt sein und innerlich vor Hass kochen, dick sein bedeutet, immer wieder erleben, dass es für die, die anders sind, weder Erbarmen noch Gerechtigkeit gibt.

Wie so viele, wie alle, durfte ich schon in der Grundschule erfahren, was es heißt, seelischer Folter ausgesetzt zu sein. Die immergleiche Geschichte: der grausame Mitschüler, der seine Bosheit an der dicklichen Klassenkameradin auslebt. »Grunz, grunz«, sagte mein Quälgeist, leise, damit die Lehrerin nichts mitbekam, aber trotzdem laut genug, dass alle Übrigen es hören konnten. »Grunz, grunz«, wiederholten die Gefolgsleute des frühreifen Perverslings im Chor. Ich lief rot an, Hitze stieg in mir auf, ich fing an zu schwitzen und zu zittern, atmete hektisch. Die Lehrerin merkte nichts, alles war in bester Ordnung in ihrer wunderbaren Klasse. Die Schüler schrieben eine Mathematik- oder Erdkundearbeit, und sie saß vor ihnen und korrigierte Hausaufgaben. Doch einmal grunzte mein Quälgeist etwas lauter, die Lehrerin blickte auf, sah mich an, und ich bemerkte ein leises, kaum wahrnehmbares Zucken um ihre Mundwinkel, das mir auch noch den letzten Rest Hoffnung raubte, jemals in dieser Welt Gerechtigkeit erfahren zu können – für den Bruchteil einer Sekunde hatte ihr Mund sich zu einem Lächeln verzogen.

Heute wähle ich wie üblich einen Tisch in einer ruhigen, ein wenig dunklen Ecke, eine junge Frau bringt die Karte und empfiehlt mir das süßsaure Schweinefleischgericht. Ich sehe ihr wortlos in die Augen, sie hält meinem Blick stand und wartet, während sich um ihren Mund kleine Falten bilden.

»Einen großen Salat und eine Cola light, bitte.«

Sie notiert die Bestellung auf ihrem Block, und ich halte Ausschau nach einem Lächeln, und sei es nur angedeutet.

Wenig später bringt sie den bestellten Salat, und ich fange an, langsam zu kauen, jeden Bissen mehrfach, wie man es mir bei den Weight-Watchers-Treffen eingebläut hat, njam, njam, zehn Mal, fünfzehn Mal, njam, njam, die Tomate verwandelt sich in rötliches Wasser, der Salat löst sich in nichts auf, die Gurke verschwindet, und als ich schlucke, rinnt mir eine nahezu geschmacklose Flüssigkeit die Kehle hinab. Da klingelt das Telefon, in meiner Handtasche klingelt das Telefon, in meinem Leben klingelt das Telefon. Die Nummer auf dem Display sagt mir nicht das Geringste.

»Hallo?«

»Können wir uns in einer Stunde treffen?«

Ich überlege. »Besser in zwei.«

»Dann also in zwei Stunden.«

»Und wo?«

Ein Tangosänger beginnt, die Saiten seiner Gitarre zu zupfen, und die Antwort aus dem Telefon wird von den Akkorden von *Mein letzter Rausch* überdeckt.

»Wie bitte?«, rufe ich in den Apparat.

»In zwei Stunden an der Plaza Independencia, beim Artigas-Denkmal.«

Ich sage mir, dass es wahrscheinlich bald regnet und dass dann alles nass sein wird und der Platz voller Pfützen. Dass ich auch nach Hause gehen und mich um meine japanischen Figürchen kümmern könnte. Ich zögere, immer zögere ich im Leben. »Sollen wir uns nicht lieber im Tasende treffen? Entschuldigen Sie, dass ich mich in Ihre Pläne einmische, aber das Tasende ist ja nur eine Querstraße von der Plaza entfernt, und da haben wir, glaube ich, mehr Ruhe, um uns zu unterhalten. Außerdem sind wir im Trockenen.«

»Also, ich weiß nicht …«

»Bitte, ich habe Asthma, dieses Wetter bringt mich um.« Ich lüge, immer lüge ich. Am anderen Ende der Leitung ist es still, mein Gesprächspartner scheint zu überlegen, wahrscheinlich fragt er sich, wie wahrscheinlich es ist, dass in der Pizzeria Tasende plötzlich die Polizei auftaucht. »Keine Sorge, von wegen Polizei und so, glauben Sie mir.«

»Ganz sicher?« Ich stelle mir vor, wie er bei diesen Worten lächelt. Oder meint er es ernst?

»Also dann in zwei Stunden im Tasende.«

Ich wende mich wieder meinem Salat zu, kaue und kaue auf der geriebenen Karotte, dem grünen Paprika und dem Sellerie herum, die Zwiebeln schiebe ich an den Rand, davon bekommt man Mundgeruch. Als ich fertig bin, trinke ich einen großen Schluck Cola. »Die Rechnung, bitte.«

Die junge Frau bringt die Quittung, auf dem Tellerchen

liegen außerdem drei Bonbons. Als sie alles vor mir abstellt, kann ich weder ein Lächeln noch irgendwelche seltsamen Blicke an ihr bemerken. »Der Salat war sehr lecker.«

»Morgen haben wir einen mit Rucola, Hühnchen und Pilzen, sehr zu empfehlen.«

»Mal sehen.«

Ich verlasse eilig das Lokal, denn bevor ich zum Tasende gehe, muss ich noch ein paar Dinge erledigen.

2

Ursula?«

»Ja.«

»Wer ich bin, wissen Sie ja.«

»Klar, ich habe schon auf Sie gewartet, rufen Sie von einer Telefonzelle aus an?«

»Genau, wie wir es besprochen haben.«

»Gut.«

»Und, haben Sie das Geld?«

»Ja, hab ich.«

»Die volle Summe?«

»Drei Millionen, wie ausgemacht.«

»Bargeld?«

»Ja, und in nicht durchnummerierten Scheinen, wie Sie gesagt haben.«

»Haben Sie das Geld bei sich zu Hause?«

»Halten Sie mich nicht für blöd, ich würde Ihnen niemals verraten, wo ich das Geld habe.«

»Ich wollte bloß wissen, ob Sie jederzeit an das Geld rankommen.«

»Ich bringe es Ihnen, wann und wohin Sie sagen.«

»Passt es in eine Tasche?«

»In eine große Tasche schon.«

»Und wie viel wiegt das Ganze?«

»Keine Ahnung, ziemlich viel, würde ich sagen.«

»So viel wie ein großer Hund?«

»Ja, so viel wie ein großer Hund, ein Schäferhund oder

ein Golden Retriever. Vielleicht dreißig oder fünfunddreißig Kilo.«

»Nicht gerade leicht zu tragen.«

»Sagen Sie das wegen mir? Ich bin fit, ich mache jeden Tag Sport.«

»Nein, ich sage es wegen mir, ich mache keinen Sport, seit ich die Schule beendet habe.«

»Sie könnten einen Einkaufswagen dafür nehmen, oder einen Rollkoffer.«

»Einen Rollkoffer, keine schlechte Idee. Also gut, dann warten Sie auf meinen nächsten Anruf.«

»Einen Moment – und Ihr Anteil?«

»Wie meinen Sie das?«

»Mein Mann. Sie wissen, was wir ausgemacht haben.«

»Ja.«

»Und?«

»Wir sind dabei, Ihren Auftrag zu erfüllen.«

»Gut. Vergessen Sie die Bedingungen nicht. Sobald Sie Ihren Teil erfüllt haben, müssen Sie mir einen Beweis zukommen lassen.«

»...«

»Haben Sie mich gehört? Ich habe gesagt, bevor ich zahle, will ich einen glaubwürdigen Beweis. Ist das klar?«

»Ja, vollkommen klar. Wir werden Ihren Mann für immer aus dem Verkehr ziehen. Und den Beweis dafür bekommen Sie auch.«

»Ich hoffe, alles klappt wie geplant.«

»Eine Frage – ich hoffe, ich trete Ihnen nicht zu nahe: Warum machen Sie das? Weil Ihr Mann eine Geliebte hat?«

»Genau! Als ich ihm wie gesagt neulich auf die Schliche kam, habe ich ihm Beweise präsentiert, und er hat es schließlich zugegeben. Deshalb haben wir uns getrennt. Jetzt wollte er verreisen – um sich anderswo mit ihr zu treffen.«

»Ich kann mir vorstellen, wie wütend Sie sind. Und wie weh das tun muss.«

»Ja, es hat sehr wehgetan. Diesen Verrat und diese Demütigung kann ich ihm nicht verzeihen. Wenn Sie wüssten, wie mich auf einmal alle ansehen …«

»Ich glaube, ich weiß, wovon Sie sprechen.«

»In Carrasco kennt jeder jeden, alle wissen über alle Bescheid. Wenn ich hier ins Kino gehe oder ins Restaurant, drehen die anderen sich um oder tuscheln hinter meinem Rücken.«

»Das kenne ich …«

»Sie wohnt auch in Carrasco. Das müssen Sie sich mal vorstellen: Ich müsste den Rest meines Lebens ertragen, dass der Mann, für den ich alles gegeben habe, vor meinen Augen mit einer anderen unterwegs ist. Können Sie jetzt verstehen, was mich zu meiner Entscheidung gebracht hat?«

»Ja, dieser Mann ist es nicht wert, dass Sie Mitleid mit ihm haben. Aber haben Sie nicht gesagt, er wollte verreisen?«

»Ja, er wollte sich mit ihr treffen, für die Flitterwochen, sozusagen. Danach wollten die beiden zusammenziehen, in mein Haus, in das Haus, das all die Jahre mein Haus gewesen ist.«

»…«

»Können Sie mich verstehen?«

»Halten Sie das Geld bereit, Ursula. Um den Schuft kümmern wir uns.«

3

Erster Negativpunkt, als ich den Friseursalon betrete: Die Sessel sind sehr schmal, und ich bin sehr breit.

Was zur Folge hat, das weiß ich schon jetzt, dass ich beim Versuch, mich auf einem der Sessel niederzulassen, scheitern werde, beziehungsweise, wenn ich versuche, mich trotzdem irgendwie reinzuquetschen, werde ich genau so viel zu breit sein, wie der Abstand zwischen den Armlehnen zu schmal ist. Das bringt mich in Wallung – denken die Leute bei der Planung eines derartigen Geschäfts nicht daran, dass auch einmal eine junge Frau mit ein paar Kilo zu viel auf dem Leib unter ihren Kunden sein könnte? Hier hat man offensichtlich von vornherein beschlossen, auf Menschen wie mich – auf dicke Menschen – verzichten zu können.

Ich sage mir, ich sollte mein Missfallen deutlich zum Ausdruck bringen und wieder gehen, ich sage mir, ich sollte mich über einen so offensichtlichen Mangel an Respekt wie auch an Geschäftssinn beschweren, aber dann überlege ich, dass ich keine Lust habe, auch nur einen Schritt weiterzugehen, und bleibe an der Stelle stehen, von wo aus ich die schmalen Sessel sehe, in die ich mich eben doch hineinzwängen werde, wie auch immer.

Ich mag Friseursalons nicht, ich mag den Ammoniakgeruch der Haarfärbemittel nicht, und auch nicht die grelle Helligkeit, die hier herrscht, und die Frauen, die sich darin aufhalten, mag ich erst recht nicht. Ich mag nicht mal Friseursalons mit breiten und bequemen Sesseln, die es hier ja nicht gibt. Sähen meine Haare nach einem ganzen verregneten Monat nicht so schrecklich aus, wie sie aussehen, käme ich nicht auf den Gedanken, hier hineinzugehen. Aber heute ist ein besonderer Tag, ich will mich gut fühlen und anständig aussehen.

»Hallo, ich bin Lily. Haben Sie einen Termin?«

»Nein. Ist das nötig? Ich bin einfach so gekommen, und ich habe es sehr eilig, Lily.«

»Bei uns muss man telefonisch reservieren, oder online.«

Die haben also eine eigene Webseite, aber passende Sessel haben sie nicht? »Das heißt, so können Sie mich nicht drannehmen? Soll ich erst wieder nach Hause gehen und von dort online reservieren und dann wiederkommen?«

»Einen Moment … vielleicht haben wir doch irgendwo eine Lücke frei.«

Natürlich hast du noch irgendwo eine Lücke frei, Baby, bei den Preisen werden sich die Online-Reservierungen bei euch bestimmt einigermaßen in Grenzen halten. Ich betrachte Lily, während sie auf den Bildschirm ihres Computers starrt. Sie sieht so aus, als würde sie sich große Sorgen wegen des Ozonlochs oder der Treibhausgase oder des Walfangs machen. Sie sieht aus wie eine Vegetarierin, die nie Plastiktüten benutzt. Ebenso gut kann es aber auch sein, dass ihr all das völlig egal ist und sie heute zum Mittagessen genüsslich Robbenbabyfleisch verzehrt oder mal eben schnell abgetrieben hat …

»Hier ist noch eine Lücke – jetzt gleich.«

»Na, da habe ich ja mal Glück, Lily, kaum zu glauben.«

»Das ist Cindy, sie wird Ihnen die Haare waschen.«

Cindy ist jung, und angesichts ihrer großen unschuldigen vorspringenden Augen muss ich an eine Kuh denken. Schon bald wird sich zeigen, dass sie nicht unschuldig, sondern einfach nur dämlich ist.

»Hallo, komm hierher, bitte, ich lege dir schon mal das Handtuch um, dann können wir gleich mit Haarewaschen anfangen. Wie heißt du?«

»Hallo Cindy, ich heiße Ursula. Sie dürfen Frau López zu mir sagen.«

Sie führt mich zu den Waschbecken, wo mehrere Frauen mit zurückgelehntem Kopf nebeneinandersitzen und sich das Haar lauwarm abduschen und einshampoonieren lassen, bevor sie eine sanfte Massage verpasst bekommen. Zögernd betrachte ich den Stuhl, ich hoffe, Cindy braucht ein Weilchen, bis sie von der Stelle zurückkehrt, wohin sie entschwunden ist, um meine Jacke aufzuhängen. Ich brauche meinerseits genug Zeit, um meinen Hintern auf einen dieser Stühle zu quetschen. Wundersamerweise gelingt es mir mühelos beim ersten Versuch. Heute ist ein großer Tag.

Die Frauen neben mir unterhalten sich lautstark, als wären alle übrigen Anwesenden bloß Teil des Mobiliars. Ihre spitzen Stimmen und ihr Gekicher gehen mir auf die Nerven, unruhig rutsche ich auf meinem Stuhl herum, so gut das nun mal geht.

Alkohol, Ammoniak, Shampoo, Festiger. Allmählich wird mir schlecht.

Ich will hier raus.

Cindy braucht so lange, dass der Verdacht in mir aufsteigt, sie könnte urplötzlich gekündigt und mich meinem Schicksal überlassen haben beziehungsweise meinen von Minute zu Minute katastrophaler aussehenden Haaren.

»Kommt hier vielleicht mal jemand?«, rufe ich.

Die junge Frau am Empfang hört mich – sie ist an die zehn Meter entfernt – und versucht, das Problem zu lösen, indem sie hartnäckig auf ihren Computerbildschirm starrt. Vielleicht schickt sie ihrer Kollegin ja eine E-Mail, sage ich mir.

Endlich erscheint Cindy. Sie sieht hochzufrieden aus, als hätte sie gerade ein köstliches Sandwich verzehrt oder mit dem Fensterputzer gevögelt.

Das lauwarme Wasser aus der Handdusche spült all meine Sorgen und Ängste fort, es beschwichtigt mich, lässt mich sanft abheben. Anschließend massiert Cindy mir mit kreisenden Bewegungen das Shampoo ein, ich schließe die Augen und genieße. Die nächste Runde lauwarmes Wasser schwemmt den gesamten Dreck und die Seifenreste aus meinem Haar, ich fühle mich himmlisch leicht und glücklich, und für ein paar Sekunden schlafe ich, glaube ich, sogar ein.

»Schneiden auch?«

Cindy hat kein Recht, mich aus meiner Astralreise zu reißen, warum tut sie mir das an? Seufzend erwidere ich: »Ja, Cindy.«

Erneut shampooniert sie mir das Haar ein, und ich fühle mich, als würde sich gleich der Himmel auftun. Leise glucksend fließt das Wasser über meinen Schädel, Cindy verstärkt den Effekt, indem sie mir liebevoll übers Haar streicht, von der Stirn in den Nacken und wieder von vorn.

»Färben auch?«

Statt »Ja, Cindy« zu sagen, stelle ich mich lieber taub.

»Färben auch?«, wiederholt Cindy mit lauter Stimme nah an meinem rechten Ohr.

»Ja, Cindy, ja, Cindy, ja, Cindy«, seufze ich immer wieder, vielleicht zehnmal, zuletzt schreiend, bis mir die Stimme versagt.

Cindy sieht mich an, richtet sich auf, blickt Hilfe suchend zwischen der jungen Frau am Empfang und der Tür zum Angestelltenbereich hin und her, Tränen steigen ihr in die Augen, sie atmet immer heftiger, und irgendwann fängt sie geräuschlos an zu schluchzen.

Ich öffne den Mund und sage langsam, mit angespannten

Lippen: »Los, Cindy, waschen Sie mir endlich die Haare, ich habe nicht den ganzen Tag Zeit.«

Bald werde ich gereizt und innerlich kochend den Friseursalon verlassen, mit noch mehr Appetit als sonst.

Dämliche verfluchte Cindy, du bist schuld, wenn ich mir am Ende dieses Monats weitere zwei Kilo Fett angefressen haben werde.

4

Ich komme ein paar Minuten zu spät, dafür aber mit frisch frisiertem Haar. In der Eile und innerlich ganz mit mir selbst beschäftigt, übersehe ich den Mann beinahe, der mit gesenktem Kopf breitbeinig und leicht vornübergebeugt neben dem Eingang des Tasende an der Wand lehnt. Als ich fast vor ihm stehe, wird mir klar, wohin er blickt, er betrachtet eine kleine Pfütze zwischen seinen Füßen. Ein Speichelfaden hängt ihm aus dem Mund. Eilig ergreife ich seinen Arm, nehme ihn am Ellbogen, als wäre er blind. »Alles in Ordnung?«

Er antwortet nicht sofort, und als er es endlich macht, klingt seine Stimme, als hätte er gerade eine Nacktschnecke verschluckt. »Ja, danke. Alles bestens, besser geht gar nicht.«

Der saure Geruch, der mir aus seinem Mund entgegenschlägt, lässt mich einen Schritt zurückweichen. Als ich mich einigermaßen erholt habe, hole ich ein Päckchen Papiertaschentücher hervor und gebe ihm eins. Er wischt sich den Mund ab, richtet sich auf, holt Luft, mustert die Aufschläge seiner Jacke, hebt schließlich den Kopf, sieht mich aber nicht an, sein Blick schweift irgendwo durch die Ferne.

»Wirklich alles in Ordnung?«

Wieder antwortet er erst nach einer Weile, und seine Stimme klingt weiterhin, als steckte ihm etwas im Hals. »Entschuldigen Sie, in peinlichen Situationen werde ich immer furchtbar sarkastisch.«

»Stimmt doch gar nicht – ich würde eher von Ironie sprechen.«

»Und was ist der Unterschied?«

»Sarkasmus ist vor allem grob. Also, gehen wir rein, und Sie trinken erst mal eine schön kalte Cola, etwas Besseres gibt es nicht, wenn einem schlecht ist.«

Widerstandslos lässt er sich von mir am Arm hineinführen, ich bugsiere ihn wie einen Behinderten vor mir her, wähle den Tisch aus, weise ihm einen Stuhl an, er setzt sich, ich setze mich. Er ist immer noch käseweiß und hat tiefe Ringe unter den Augen, was ihn noch älter und müder aussehen lässt als bei unserer ersten Begegnung – bei seinem Anblick muss ich an einen Fernsehmoderator am Ende einer vielstündigen Wohltätigkeitsshow denken. Er bestellt eine Cola. »Aber bitte schnell«, sage ich zum Kellner. Eine Minute später steht die Flasche auf dem Tisch, ich gieße ihm ein. »Tief durchatmen und dann in kleinen Schlucken trinken«, befehle ich.

Er holt Luft und trinkt, holt Luft und trinkt. Schließlich sieht er mich an.

»Und, besser?«

»Ja, jetzt schon.«

Sein Anzug – es ist derselbe wie beim letzten Mal – wirkt heute noch ein paar Nummern größer.

»Und, sind Sie so weit? Sollen wir über unser Thema sprechen?«

»Ja«, sagt er, holt noch einmal tief Luft und fixiert sein Glas. »Haben Sie das Geld?«

»Ja, zuerst möchte ich Ihnen aber noch ein paar Bedingungen nennen.«

Er löst den Blick vom Glas, sieht mich zum ersten Mal direkt an. Die Falten um seine Augen bilden kleine Fächer, durch die schlaffe Haut hindurch schimmern rote und blaue

Äderchen. Er ist eigentlich noch nicht alt, jedoch in dem Alter, in dem das Greisentum sich heimtückisch von hinten anschleicht, aber nicht, um irgendwann schlagartig über uns herzufallen, nein, lieber lässt es uns seinen Atem im Nacken spüren, berührt uns bald hier, bald da, bis wir eines Tages vor dem Spiegel feststellen, dass es endgültig Besitz von uns ergriffen hat.

»Bedingungen, was Santiago angeht.«

»Seine Freilassung?«

Ich stemme die weit gespreizten Hände auf die Tischplatte. »Ich möchte nicht, dass Sie diesen Schuft freilassen.«

Die leicht zusammengekniffenen Augen des Mannes mir gegenüber weiten sich, bis sie zuletzt kreisrund sind. Er zwinkert nicht, sein Gesicht bleibt völlig reglos.

»Ich möchte, dass Sie ihn verschwinden lassen«, füge ich hinzu.

Ich brauche nicht auf die Uhr zu sehen, um zu wissen, dass mehrere Minuten verstreichen, ohne dass einer von uns ein Wort sagt, während wir uns anstarren, als spielten wir »Wer-sich-zuerst-bewegt-verliert«. Zu hören ist bloß der Lärm, der von der Straße hereindringt, und das Geklapper der Teller, die an der Essensausgabe abgestellt werden.

Der Kellner kommt. »Möchten Sie noch etwas?«

Beide schweigen wir. Der Kellner wartet, scheint seine Frage wiederholen zu wollen, geht dann aber wortlos davon, wahrscheinlich hält er uns für taub oder völlig beschränkt.

»Verschwinden lassen soll heißen umbringen?«

Ich sage nichts, denn ich weiß nicht, was ich antworten soll – mir fällt nicht mehr ein, wie genau Ursula sich in diesem Zusammenhang ausgedrückt hat. Ich rufe den Kellner, er kommt, und ich werde schwach: »Ein Sandwich, bitte.«

Er nickt und sieht meinen schweigenden Tischgenossen an. »Für den Herrn auch etwas?«

»Nein, danke.«

Ich sehe zu, wie der Kellner zur Theke geht und die Bestellung weitergibt, und das beunruhigende Gefühl steigt in mir auf, dass ein Sandwich nicht reichen wird, um meinen Appetit zu befriedigen, das Gefühl ist so stark, dass es alles andere – das überzogene Konto, die Anzahl unerledigter Übersetzungen, die überschüssigen Kilos, die immer mehr werden – ausblendet und mir stattdessen das Bild einer mit Karamell gefüllten und mit Walnüssen bestreuten Schokoladentorte vor die Augen zaubert. »Herr Ober«, schreie ich fast.

Der Kellner kehrt mit müden Schritten und säuerlicher Miene an unseren Tisch zurück. »Das Sandwich kommt gleich.«

»Bitte noch ein Stück Schokoladentorte dazu. Und ein Stück Apfelkuchen. Und einen doppelten Espresso mit einem ordentlichen Schuss Milch.«

Der Blick, immer dieser Blick, bevor die Antwort auf meine Bestellung erfolgt. »Alles zusammen?«

»Ganz genau.«

»Kommt sofort. Und der Herr möchte nichts?«

»Ein kleines Croissant, damit die Dame nicht allein essen muss.«

Zwei Minuten später steht alles vor mir. Ich fange mit dem Sandwich an, damit es so aussieht, als hätte ich noch nicht zu Mittag gegessen, die Torte und den Kuchen lasse ich vorerst beiseite, scheinbar gleichgültig, tue, als wollte ich bloß meinen Hunger stillen, und versuche, nicht zu schlingen. Ich beiße ein Stück von dem Sandwich ab, lege es auf den Teller zurück, kaue langsam auf dem Käse und dem Schinken herum, immer schön langsam, als läge mir nicht viel daran, dann ergreife ich wieder das Sandwich, beiße das nächste kleine Stück ab. Ich spüre, wie die Verdauungssäfte in meinem Magen zusammenschießen, wild aufschäumen, zu brodeln beginnen. In mir entbrennt ein heftiger Kampf, aber ich muss mich gegen meinen tyrannischen Organismus durchsetzen, stärker sein. Noch ein Bissen, dann lege ich das inzwischen ziemlich reduzierte Sandwichquadrat zur Seite. Ein Blick auf die Schokoladentorte, ich greife zur Gabel, trenne ein kleines Stück davon ab, bemühe mich zu verhindern, dass mir der Speichel übers Kinn läuft. Die Karamellcreme erfüllt meinen Mund, klebt an meiner Zunge, die Schokolade stürzt sich auf die Geschmackspapillen, löst sich im Speichel auf, läuft mir die Kehle hinab, und im Hirn kommt es zu lustvollen Explosionen. Ich lade mir das nächste Stück Torte auf die Gabel, größer, schneller, und gleich das nächste, diesmal mit mehr Creme und mehr Schokolade, mein Mund ist voll, aber das nächste Stück folgt schon, und dann noch eins. Ich ziehe den inzwischen fast leeren Teller näher, kratze mit der Gabel die Creme ab, die auf dem Boden klebt, lecke sie mit der Zunge ab, bis das Metall glänzt, ich schmecke die feuchte Masse, die mir fast aus dem Mund quillt, mache mich über das letzte Stückchen her, genieße es, lasse es zwischen dem Gaumen und den Zähnen hin- und herwandern, zögere das Schlucken so lange wie möglich hinaus und schiebe den Teller zuletzt beiseite. Dann nehme ich mir den Kuchen vor, ich zerkaue Apfelstücke, lasse alles zu Brei werden, runter damit, und gleich den nächsten Bissen.

Ich lege die Gabel hin, trinke einen Schluck Kaffee.

Seit wann starrt er mich so an? Ich wische mir mit der Serviette den Mund ab, falte sie, einmal, zweimal, wische mir erneut den Mund ab. Dann noch einen Schluck Kaffee.

5

Ich hatte noch nicht zu Mittag gegessen«, lüge ich mal wieder.

»Ja, ich sehe, Sie haben ganz schön Appetit.«

»Und, sollen wir wieder über unser Thema sprechen?«

Er wird blass, beißt die Zähne zusammen. Sein Jackenaufschlag glänzt auf einmal speckig.

»Sie lassen Santiago verschwinden, dafür gibt es eineinhalb Millionen.«

»Eineinhalb Millionen?«

»Bargeld, in nicht durchnummerierten Scheinen.«

»Muss das sein? Was hat Santiago Ihnen getan?«

»Er ist der letzte Dreck. Er wollte mit seiner Geliebten verreisen, vor Kurzem bin ich dahintergekommen, darum habe ich ihn verlassen.«

»Er hat eine Geliebte?«

»Ja, eine Geliebte.«

»Ach so, deshalb hatte er so viel Geld dabei.«

»Er hatte viel Geld dabei? Und wohin wollte er damit?«

»Ja, eine halbe Million, damit wollte er nach Bolivien.«

Eine halbe Million?, frage ich mich. »Dann haben Sie also schon eine halbe Million von meinem Mann.«

»Nein, habe ich nicht. Das Geld war in einer Aktentasche, in seinem Auto, und die Tasche hat jetzt mein Freund, mein Ex-Partner.«

»Was für ein Partner? Haben Sie einen Partner? Steckt noch jemand mit in der Geschichte?«

»Jetzt nicht mehr. Mein Freund Sergio, beziehungsweise mein ehemaliger Freund Sergio, hat alles organisiert, und dann hat er mich mit dem Entführten sitzen lassen und ist mit der Kohle abgehauen.«

»Sie haben also kein Geld und keinen Partner mehr. Und dafür meinen Mann.«

»So ist es.«

»Egal, sorgen Sie einfach dafür, dass Santiago verschwindet. Dann haben Sie eineinhalb Millionen für Sie allein.«

Er greift nach dem Croissant, knabbert das eine Ende ab und legt den Rest auf den Teller zurück. Seine eingefallenen Augen sehen aus wie zwei faule Stellen an einem Stück Obst. Er sieht mich aufmerksam an, die Lippen sind angespannt. Ich warte vergeblich auf eine Antwort.

»Was solls, Sie haben nichts zu verlieren, allein kommen Sie da nicht so einfach wieder raus.«

»Trotzdem …«

»Trauen Sie mir nicht, weil Sie mich nicht kennen?«

»Ja, ich weiß so gut wie nichts über Sie, nur, dass Ihr Mann Sie betrogen hat. Wie soll ich Ihnen da vertrauen?«

»Ihren Freund haben Sie gekannt, und Sie sehen ja, was dabei rausgekommen ist. Geben Sie mir eine Chance, ich zeige Ihnen, dass Sie sich keine bessere Partnerin als mich wünschen können …«

»Ich weiß nicht …«

»Was wollen Sie sonst tun? Überlegen Sie mal – haben Sie eine andere Wahl? Entweder Sie nehmen meine Hilfe an, oder Sie fahren die Sache allein gegen die Wand.«

Wieder greift er nach dem Croissant, dreht es gedankenverloren hin und her. »Abgemacht«, flüstert er schließlich.

»Wie heißen Sie? Wenn Sie mir Ihren richtigen Namen nicht sagen wollen, können Sie sich meinetwegen einen ausdenken.«

»Germán. Das ist mein richtiger Name.«

»Germán, gut, dass Sie mir Ihren richtigen Namen sagen, wir sind jetzt nämlich Partner. Wie finden Sie das?«

»Gut.«

»Und wo haben Sie meinen Mann versteckt?«

»Das kann ich Ihnen nicht sagen.«

»Ich dachte, wir sind Partner. Jetzt wollen Sie also doch nicht ...«

Germán senkt den Kopf, fasst sich an die Schläfen, dann sieht er wieder auf und lässt den Blick in der vergeblichen Hoffnung auf Antwort über die Wände schweifen. Er tut mir leid in seiner Ratlosigkeit.

»Nein, das geht nicht, das kann ich Ihnen nicht verraten. Ich kenne Sie überhaupt nicht, woher weiß ich, dass Sie nicht gleich aufstehen und die Polizei anrufen und alles ausplaudern, worüber wir hier gesprochen haben? Sagen wir meinetwegen, dass ich ihn irgendwo in einem Vorort versteckt habe, an einem sicheren Platz.«

»Schon gut, Germán, mehr brauche ich vorläufig nicht zu wissen. Sie haben allen Grund, misstrauisch zu sein. Nur eins noch: Haben Sie eine Schusswaffe?«

Ihm stockt der Atem, er starrt auf seine Hände, sein Kopf sinkt so tief zwischen die Schultern, dass er aussieht wie eine Matrjoschka. In seinem Hirn scheint ein wilder Sturm entbrannt, er sieht sich um, und sein flackernder Blick lässt erkennen, dass er sich mit aller Kraft weg von hier wünscht.

»Einen Revolver, den habe ich von meinem ehemaligen Partner.«

»Welches Kaliber?«

»Ziemlich groß, .38, glaube ich.«

»Damit können Sie einen Elefanten erlegen, Germán.«

»Meinen Sie?«

»Ja. Und, wo haben Sie das Ding?«

Er sieht an mir vorbei, fixiert eine Stelle hinter meinem Rücken.

»Wo haben Sie es, Germán?«

»In dem Haus, wo auch Ihr Mann ist. Ich hatte nicht vor, den Revolver zu benutzen, ich habe ihn nur für alle Fälle mitgenommen. Eigentlich kann ich gar nicht damit umgehen.«

»Und wo genau bewahren Sie ihn auf?«

»In der Nachttischschublade, neben dem Bett. Warum wollen Sie das wissen?«

»Ist Santiago gefesselt?«

»Ja.«

»Und haben Sie ihm auch eine Kapuze über den Kopf gezogen?«

»Nein. Das heißt, doch, ich hab ihm die Augen verbunden.«

»Hören Sie, Sie müssen ihn umbringen und mir das auch beweisen. Schneiden Sie ihm einen Finger ab und bringen Sie ihn mir. Eine Frau erkennt sofort, ob ein Finger von ihrem Mann ist oder nicht, glauben Sie mir.«

Plötzlich steht Germán auf, sein Stuhl fällt um. Mit aschfahlem Gesicht hastet er in Richtung Toilette. Ich höre, wie er die Tür hinter sich zuwirft, dann Würggeräusche.

Draußen wird es dunkel. In meinem Inneren auch.

»So weit ist es also mit dir gekommen«, sagt mein Vater auf einmal, »und dazu fett wie ein Walross.« – »Lass mich in Ruhe, Arschloch«, erwidere ich, »du kannst gar nicht mehr sprechen, das Schlafmittel hat dich geradewegs ins Grab befördert, und da kommst du nicht mehr raus. Aber ich glaube, du hast mich auf eine Idee gebracht, Papilein, ja, jetzt weiß ich, was ich tun muss, auch in diesem Fall heißt die Lösung Schlafmittel …«

Ich durchwühle meine Handtasche. Da sind die Tabletten.

Ich zähle drei davon ab, nein, besser vier. Das ist auf keinen Fall zu viel, andererseits schläft er davon locker einen Tag lang. So, jetzt schnell in die Cola damit. Los, Ursula, beeil dich, gleich ist er wieder da. Schön mit dem Finger umrühren. Vorsicht, dass der Kellner dich nicht sieht. Geschafft, fertig.

Kurz darauf kommt mein Partner zurück. Wieder schlägt mir sein saurer Atem ins Gesicht. »Sie sehen schlecht aus. Hier, trinken Sie noch einen Schluck Cola, das wird Ihnen guttun.«

Er starrt mit leerem Blick vor sich hin. Tut, was ich sage, trinkt. Ich sehe ihm aufmerksam zu, bitter scheint die Cola nicht zu schmecken, und wenn, schiebt er das wahrscheinlich auf die Reste der Magensäure in seinem Mund. Als das Glas halb leer ist, stellt er es zurück.

»Noch ein bisschen, Sie werden schon sehen, dann fühlen Sie sich gleich besser.«

In kleinen Schlucken trinkt er das Glas aus. Auf dem Grund entdecke ich kleine weiße Pünktchen. Sofort schenke ich ihm nach. »Weiter, weiter, gut so.«

Folgsam leert er das Glas zum zweiten Mal.

»Also gut, jetzt wissen Sie, was Sie zu tun haben. Und verlieren Sie keine Zeit.«

»Nein, ich beeile mich«, erwidert er flüsternd und knöpft sich den obersten Jackenknopf zu, als wäre ihm kalt.

Von draußen hört man genervte Stimmen und hupende Autos, auf der Straße staut sich der Verkehr, wie immer nach Büroschluss. Germán sieht mich aus seinen eingefallenen Augen mit den tiefschwarzen Ringen darunter müde an. »Sind Sie jetzt mit einem anderen Mann zusammen? Nachdem Ihr Ehemann Sie verlassen hat?«

Was meint er? Von was für einem Ehemann spricht er? Als ob ich jemals geheiratet hätte … Da fällt es mir wieder ein – ich bin ja die andere Ursula, die falsche. »Nein, es gibt keinen anderen Mann.«

»Entschuldigen Sie, ich wollte nicht aufdringlich sein.«

»Kein Problem. Wie gesagt, es gibt keinen anderen Mann in meinem Leben. Von wegen. Ich bin so schon mehr als ausgelastet. Neben meiner Arbeit mache ich noch eine Art Kurs.«

»An der Universität?«

»Nein. Es handelt sich um eine Gruppentherapie, wir arbeiten gemeinsam an unseren Schwächen, wir helfen uns gegenseitig, zu überleben …«

Er sieht mich wortlos an. Ich werfe einen Blick auf sein Glas – die weißen Pünktchen haben sich in dem letzten Rest Cola aufgelöst, keine Spur mehr von dem Schlafmittel, dessen Wirkung sich in einer Weile bemerkbar machen wird. Ich muss das Treffen schleunigst beenden, sonst schläft er schon auf dem Rückweg ein. »Selbsthilfe, verstehen Sie, wir machen uns gegenseitig Mut …«

»Ja, verstehe.«

»Nein, Sie verstehen überhaupt nichts, ich drücke mich viel zu wirr aus.«

»Nein, nein, keine Sorge.«

»Doch, außerdem habe ich nicht die Wahrheit gesagt, oder zumindest nicht die ganze Wahrheit.«

»Was für eine Wahrheit?«

»Eigentlich geht es um Weight-Watchers-Treffen, immer montags und donnerstags.«

»Ach so. Bevor ich nach Uruguay zurückgekehrt bin, war ich auch bei den Weight-Watchers.«

»Wie bitte? Sie? Dass ich nicht lache …«

»Bis vor drei Jahren war ich sehr dick.«

»Sie waren dick? Das glaube ich nicht.« Ich betrachte erneut die Jacke, die ihm um den Leib schlottert, das Hemd mit dem viel zu weiten Kragen. »Und wo haben Sie davor gelebt?«

»In Spanien. Ich bin erst seit einem guten Monat wieder hier. Ich habe mehr als zwanzig Jahre in Barcelona gewohnt.«

»Und wie haben Sie es geschafft, so schlank zu werden?«

»Genau genommen war es so, dass meine Frau mich verlassen hat, da habe ich schwere Depressionen bekommen, und die haben sich in ständiges Essbedürfnis verwandelt. Andere fangen in einer solchen Situation an zu trinken, ich dagegen war bloß noch mit Essen beschäftigt.«

Bei diesen Worten vergesse ich völlig, dass ich ihn eigentlich dazu bringen muss, so schnell wie möglich aufzubrechen.

»Zum Frühstück habe ich damals regelmäßig mehr als ein Kilo Brot mit Wurst und Käse verzehrt, dazu an die zwei Liter Cola, Süßigkeiten und Schokolade. Mittags musste ich mich ein bisschen zurückhalten, da war ich in der Arbeit und hatte bloß eine halbe Stunde Zeit. Dafür habe ich mir die Taschen mit Sachen vollgestopft, die ich den Nachmittag über heimlich reinschieben konnte, falls nötig, auf der Toilette. Abends habe ich mich für die aufgezwungene Heimlichtuerei ausgiebig belohnt, dann gabs Brathähnchen, Schweinefilet, Berge von Schnitzeln. So habe ich es zwar geschafft, Dolores zu vergessen, bezahlt habe ich aber mit meiner Gesundheit. Schließlich haben die Ärzte die Notbremse gezogen. Sie haben mir den Magen verkleinert, und da habe ich endlich aufgehört, so viel zu essen. Wissen Sie, wie viel ich gewogen habe? Über hundertvierzig Kilo.«

»Und das mit dem Abnehmen ging so einfach?«

»Ja, die Operation hat mich gerettet, seitdem passt kaum noch was in meinen Magen, von ein paar Keksen oder einem halben hart gekochten Ei bin ich satt. Außerdem musste ich weiterhin Antidepressiva nehmen, die haben mir noch den letzten Rest Appetit geraubt. Insgesamt war es eine ganz schöne Rosskur, manchmal habe ich gedacht, ich sterbe, ein paar Mal musste ich auch in eine psychiatrische Klinik.«

»Jetzt sehen Sie aber gut aus.«

»Na ja, die Operation ist inzwischen schon drei Jahre her, ich musste noch ziemlich lange Medikamente nehmen und Therapien machen. Wirklich besser geht es mir erst seit ein paar Monaten.«

»Und Ihren Liebeskummer haben Sie inzwischen überwunden?«

»Die Depressionen sind auf jeden Fall nicht mehr so schlimm. Aber davor …« Er sieht sich um, als hätte er Angst, jemand könnte uns belauschen. »Kurz vor der Operation bin ich meiner Ex-Frau einmal auf der Straße begegnet, in der Nähe unserer früheren Wohnung. Wir haben uns ein Weilchen unterhalten, das heißt, eigentlich hat nur sie gesprochen, ich habe die ganze Zeit bloß an eine Gänseleber gedacht, die ich dabeihatte, in meiner Aktentasche. Ich habe überlegt, ob ich sie mit Knäckebrot und Oregano drauf essen soll oder lieber mit frischem Weißbrot. Ich glaube, am Ende habe ich mich nicht mal von ihr verabschiedet und bin einfach so in den Bus zu mir nach Hause gestiegen, so sehr war ich mit meiner Gänseleber beschäftigt.«

»Und Ihre Frau, hat sie Sie nicht geliebt?«

»Sie wollte nichts mehr von mir wissen. Sie hatte mich ja wegen einem anderen Mann verlassen.«

»Offensichtlich war sie nicht die Richtige für Sie.«

»Kann sein, vielleicht war das von Anfang an so. Sage ich mir jedenfalls immer. Ein Freund von mir meint, ich würde jedes Mal im richtigen Augenblick genau das Richtige sagen, nur eben zur falschen Frau.«

Zur falschen Frau? Spricht er von mir? Hat er mich durchschaut?

»Jetzt müssen wir aber los. Ein bisschen Angst habe ich ja schon vor der Sache, auf die wir uns einlassen«, sage ich, warum, weiß ich selbst nicht so genau, vielleicht aus Mitleid, weil er mich so hilflos ansieht.

»Sie haben Angst? Ich auch, und wie. Wovor Sie Angst haben, weiß ich nicht, was mich angeht, brauchen Sie sich aber keine Sorgen zu machen. Dass Sie so nett zu mir sind, macht mir Mut, es gibt mir Kraft. Außerdem sind wir jetzt ja Partner, und ich würde Sie niemals verraten, das können Sie mir glauben.«

»Schwören Sie mir das?«

»Ich schwöre es.«

»Danke, jetzt fühle ich mich besser. Ich werde Sie auch nicht verraten. Aber nun müssen wir wirklich los. Rufen Sie mich morgen an, dann treffen wir uns wieder, so wie heute.«

Der arme Kerl, sein Geständnis war völlig überflüssig, dass er Angst hat, kann man geradezu riechen. Am liebsten würde ich ihm übers Haar streichen und ihm noch eine Cola einschenken.

Wir verabschieden uns. Ich gehe vor ihm hinaus, durchs Fenster sehe ich, wie er die Rechnung bezahlt. Eigentlich müsste ich auf die Toilette, aber ich darf keine Zeit verlieren, Germán wird gleich rauskommen. Armer Germán – was für ein Schwächling. Von wegen arm, die Schwächlinge reißen uns bloß mit in den Abgrund, so wie du, Papa, du warst auch immer nur Irenes Marionette. Arme Ursula. Bloß kein Mitleid, im Gegenteil, wenn ich sehe, wie dieser Germán vor Angst schwitzt und zittert, könnte ich toben vor Wut.

Aber schnell jetzt, ich muss noch in der Apotheke da drüben Gummihandschuhe besorgen.

6

In einer dunklen Regennacht fährt ein Auto auf einer verlassenen Nebenstraße hinter einem Lieferwagen her.

Der Verfolger hält Abstand und fährt ohne Licht, damit der Mann am Steuer des Lieferwagens ihn nicht bemerkt, und auch die wenigen Anwohner nicht, die womöglich trotz des ungemütlichen Wetters die Nase zur Tür rausstrecken. Vielleicht wäre so viel Vorsicht gar nicht nötig, unter diesen Umständen ist ohnehin kaum etwas zu sehen, außerdem ist der Verfolgte bestimmt ganz mit seinen sorgenvollen Gedanken beschäftigt.

In dem Auto, das mit ausgeschalteten Scheinwerfern hinter dem Lieferwagen herfährt, sitzt du, Ursula.

Konzentriert starrst du auf die Straße vor dir, gibst dir größte Mühe, den Wagen vor dir und mit ihm dein eigentliches Ziel nicht aus den Augen zu verlieren, du musst aber auch aufpassen, dass du keinen der Bäume rammst, die nah am Wegrand stehen. Gleichzeitig kämpfst du mit aller Kraft gegen den Drang, den Müsliriegel aus deiner Handtasche zu holen und dir in den Mund zu schieben. In der Tasche ist außerdem noch die Schokolade, die du an dem Kiosk bei dir an der Ecke gekauft hast, da, wo es auch die köstlichen Honigkekse gibt. Aber du weißt, du darfst jetzt nichts essen, Ursula, lass dich bloß nicht ablenken, sonst landest du im nächsten vollgelaufenen Straßengraben oder an einem der Paradiesbäume zu beiden Seiten der schmalen Fahrbahn.

Während du die Schenkel zusammenpresst, weil dein Drang, zu pinkeln, immer größer wird, spürst du, wie die Wut in dir wächst und wächst. In dem Dunst draußen verschwimmen die Lichter der zurückbleibenden Häuser, und die Ränder der Straße sind kaum noch auszumachen. Aufgepasst, Ursula, alles, was jetzt wichtig ist, sind dein Ziel und deine Wut.

Der Mann in dem Wagen vor dir, das ist Germán. Obwohl du ihn nicht siehst – du siehst nicht mal mehr die Umrisse des Lieferwagens, folgst bloß noch dem Motorengeräusch –, weißt du, dass er sich ans Lenkrad klammert und, so gut es geht, den Schlaglöchern ausweicht, einmal, zweimal, im dritten landet er dann doch, Scheißstraße, ich bekomme noch einen Achsbruch, aber du weißt so gut wie er, dass er weitermuss, immer weiter, wie du auch weißt, dass ihn sein Wille früher oder später im Stich lassen wird. Und das macht dich wütend, Ursula, am Ende bleibt wieder alles an dir hängen. Vorsicht, ein riesiges Schlagloch. Fast hättest du dir in die Hose gepinkelt. Weiter, weiter, tief durchatmen und immer schön die Schenkel zusammenpressen.

Die Straße führt jetzt zwischen Feldern hindurch, ab und zu in der Ferne ein einsames Haus, und nirgendwo ein Mensch. Der Regen wird stärker, und du, Ursula, denkst an Germán und merkst, dass du allmählich die Fassung verlierst, dass etwas in dir größer und größer wird. Du fängst an zu zittern, erst an den Händen, dann am ganzen Leib. Teilnahmslos, gnadenlos, erbarmungslos malst du dir das Unglück des Mannes in dem Auto vor dir aus, der sich die Nase schnäuzt und verzweifelt versucht, in keinem Schlagloch zu landen und nicht von dem verfluchten Weg abzukommen, des Mannes, der schon heute Nachmittag nach Angst gerochen hat, nach durchgeschwitzter Kleidung und fehlendem Schlaf. Mitleidlos siehst du vor dir, wie er mit der einen

Hand das vollgerotzte Taschentuch und mit der anderen das Lenkrad hält und sich seinen quälenden Gedanken hingibt.

Und du sagst dir: Was ihn da quält, ist die Angst, Ursula, damit kennst du dich aus, du weißt, wie es ist, wenn die Angst über dich herfällt und du anfängst, zu schwitzen und schlecht zu riechen, bis du das Gefühl hast, eine giftige Schlange dreht und windet sich in deinem Magen.

Der Lieferwagen vor dir biegt nach rechts ab, das siehst du am Licht der Scheinwerfer, jetzt tut sich auch vor dir eine Einfahrt auf, da bleibst du stehen, stellst den Motor aus, öffnest die Tür und springst hinaus in die Dunkelheit und den schwächer gewordenen Regen. Du läufst um dein Auto herum an den Straßenrand, ziehst den Slip runter, kauerst dich hin und pinkelst erleichtert drauflos, ein kräftiger Urinstrahl bohrt sich in die Erde, Dampf steigt auf, lächelnd seufzt du und blickst in die Richtung, wo sich dein Ziel befinden muss.

Dann kehrst du zum Auto zurück, steigst ein und machst die Tür hinter dir zu.

Die dicke Hand, die nach der Schokolade greift, gehört dir, Ursula, du streifst die Hülle ab, zerknüllst sie und wirfst sie auf den Beifahrersitz, dann beißt du genüsslich zu, der süße Geschmack dringt in dich ein, erfüllt deinen Mund und rinnt dir die Kehle hinab. Noch ein Stück und noch ein Stück, du kaust und schmeckst. Dann noch ein richtig großes, du schlingst es hinunter, und der braune Saft quillt dir aus den Mundwinkeln und tropft auf deine Bluse. Mit zitternden Händen durchwühlst du die Handtasche, bis du den Müsliriegel hervorziehst und gierig das Papier abreißt, dabei nimmst du die Zähne zu Hilfe, schiebst dir den Riegel in den Mund, beißt zu und fängst an zu kauen. Als es nichts mehr zu kauen gibt und du alles hinuntergeschluckt hast, leckst du dir Finger und Lippen ab und sitzt eine Weile da wie in Trance. Dann kehrst du in die Wirklichkeit zurück und versuchst, mit einem Taschentuch die Schokoladenflecken von der Bluse zu reiben.

Schließlich richtest du den Blick auf den Stichweg, der sich vor dir auftut, die kleine Allee, die in die Dunkelheit führt. Du schaltest den Motor ein und fährst langsam ein Stück durch die Wildnis, bis du das Auto im Schutz eines dornigen Gestrüpps abstellst.

Und dann, Ursula, steigst du aus, in die Regennacht.

7

Hallo? Sind Sie das? Endlich sind Sie wieder da. Sie haben ja keine Ahnung, was das bedeutet, stundenlang gefesselt im Dunkeln zu sitzen. Ich habe schon geglaubt, Sie überlassen mich einfach meinem Schicksal, bis ich verhungere. Sagen Sie doch was, bitte, sagen Sie was!«

»So was würde ich Ihnen niemals antun.«

»Ja, das behaupten Sie jetzt. Und wenn Sie einen Herzinfarkt gehabt hätten? Oder einen Unfall? Wenn Sie von einem Auto überfahren worden wären? Was wäre dann aus mir geworden? Stellen Sie sich das mal vor.«

»Ich bin müde, ich muss unbedingt schlafen. Aber Sie sehen ja, ich bin wieder da, und ich habe weder einen Infarkt gehabt noch einen Unfall.«

»Machen Sie sich nicht über mich lustig – mit den verbundenen Augen kann ich Sie nicht sehen. Wenn Sie wüssten, was für Stunden ich hinter mir habe. Ich bin fix und fertig. Und ich muss unbedingt auf die Toilette.«

»Ich bringe Sie gleich hin. Tut mir leid, dass ich Ihnen solche Unannehmlichkeiten bereitet habe. Haben Sie Hunger?«

»Ich bin total verkrampft, die Beine tun mir weh, und die Arme auch. Sehen Sie mal nach, die Fesseln haben sich richtig tief eingeschnitten, das muss schrecklich aussehen. Warum muss ich gefesselt sein? Können Sie mich nicht wenigstens ein Weilchen rumlaufen lassen?«

»Tut mir leid. Ich mache die Fesseln gleich lockerer.«

»Tut mir leid, tut mir leid, dauernd behaupten Sie, dass es Ihnen leidtut. Ist Ihr Partner aufgetaucht?«

»Nein.«

»Haben Sie versucht, ihn anzurufen, wie ich Ihnen gesagt habe?«

»Ja.«

»Und?«

»...«

»Was denn nun?«

»Das Telefon ist ausgeschaltet, oder er geht nicht dran, keine Ahnung.«

»Da habe ich also recht gehabt. Er ist mit meinem Geld abgehauen, hat das nächste Flugzeug bestiegen und stößt jetzt weiß Gott wo auf Sie und mich mit Champagner an.«

»Wahrscheinlich haben Sie recht. Mein Partner, oder Ex-Partner, hat sich mit dem Geld aus Ihrem Auto davongemacht.«

»Eindeutig, und er muss gewusst haben, dass ich das Geld dabeihatte.«

»Oder er hat es entdeckt, als er das Auto durchsucht hat.«

»Schwer zu sagen, zumindest im Augenblick. Aber falls es tatsächlich so ist, wie ich sage, kann es sich nur um jemanden aus meiner näheren Umgebung handeln.«

»...«

»Was machen Sie?«

»Das, was Sie wollten, ich mache Ihre Fesseln lockerer, zumindest für eine Weile. Bewegen Sie die Beine. Und jetzt bringe ich Sie zur Toilette.«

»Sie sind jedenfalls wirklich verarscht worden, Ihr sogenannter Partner hat die Beute eingesackt und Sie mit dem wichtigsten Beweisstück sitzen lassen – mit mir.«

»...«

»Das heißt, Sie sind jetzt also allein, oder? Sagen Sie was!«

»Na ja, ganz so ist es auch nicht. Ich habe inzwischen einen anderen Partner. Stehen Sie langsam auf, dann können wir losgehen. Vorsicht, versuchen Sie nicht, mich abzuschütteln. So, jetzt können Sie pinkeln.«

»Uff ...«

»Fertig?«

»Ja.«

»Dann gehen wir wieder zurück.«

»Ich sehe schon, Ihr Partner hat Sie sitzen lassen, und Sie haben sich auf den Weg gemacht, um Ihre Haut zu retten, wie auch immer. Deshalb habe ich hier so lange warten müssen, am Arsch der Welt und fast verhungernd.«

»Ich sage doch, es tut mir leid.«

»Was habe ich nur für einen netten Entführer, da habe ich ja richtig Glück ...«

»Wollen Sie eine Teigtasche? Ich habe genug für zwei, mit Fleisch und schön scharf.«

»Ich mag keine scharf gewürzten Sachen, außerdem habe ich keinen Hunger.«

»Sie haben seit heute Morgen nichts gegessen.«

»Im Augenblick bin ich einfach nicht imstande, Ihre Essensangebote angemessen zu würdigen ...«

»Haben Sie nicht eben gesagt, Sie hätten Angst gehabt, dass ich Sie verhungern lasse?«

»...«

»Na gut, ich verstehe, ich habe auch keinen Hunger.«

»Wie wollen Sie diese Sache zu Ende bringen? Nachdem Ihr Partner mit der Aktentasche abgehauen ist, haben Sie sich wahrscheinlich mit Ursula getroffen, um von ihr Geld zu verlangen.«

»So ähnlich. Ich will Ihnen nichts vormachen, ich verhandle tatsächlich mit ihr.«

»Ursula wird nicht einen Peso für mich bezahlen, das können Sie mir glauben.«

»Warum sagen Sie das? Ich glaube, sie wird sehr wohl bezahlen.«

»Sie hasst mich, sie hat einen Liebhaber, eine neue Beziehung.«

»Sie hat eine Beziehung, sagen Sie? Einen Liebhaber? Den Eindruck habe ich nicht.«

»Doch. Sie hat mich wegen ihm verlassen, von mir will sie nichts mehr wissen.«

»Sie hat keine neue Beziehung.«

»Woher wollen Sie das wissen? Kennen Sie sie etwa genauer?«

»Santiago, ich muss Ihnen etwas sagen.«

»Nur zu.«

»Ich werde Sie bald freilassen, aber Sie müssen dafür aus Uruguay verschwinden.«

»Wie meinen Sie das?«

»Sie wollten doch sowieso verreisen, Sie waren unterwegs zum Flughafen.«

»Ja, ich musste nach Bolivien, geschäftlich.«

»Jetzt müssen Sie eben länger in La Paz bleiben, oder wo auch immer.«

»Ich soll länger dort bleiben? Das verstehe ich nicht. Warum denn? Und für wie lange?«

»Für immer – wäre das zu viel verlangt? Sagen wir, wenigstens für ein paar Jahre.«

»...«

»Haben Sie zugehört, Santiago? Sie müssen aus Uruguay verschwinden und dürfen nicht zurückkehren, eine ziemliche Weile nicht.«

»Sie sind ja verrückt. Und wie wollen Sie verhindern, dass ich zurückkehre?«

»Das weiß ich nicht, darüber muss ich noch nachdenken, aber jetzt bin ich wahnsinnig müde.«

»Sie wollen die Fesseln schon wieder fester machen? Nein, bitte nicht, lassen Sie sie noch ein Weilchen so, sehen Sie sich mal meine Handgelenke an, und die Fußknöchel, die sind richtig wund gescheuert.«

»Tut mir leid, ich muss ins Bett, ich schlafe fast im Stehen ein, so kann ich Sie nicht lassen.«

»Nur noch ein bisschen.«

»Gute Nacht.«

»Warten Sie. Nicht so fest. Das ist die reinste Quälerei. Nur ein klein bisschen lockerer, das kostet Sie doch nichts. Ja, so, vielen Dank.«

8

Kälte, Nebel. Selbst bei geschlossener Tür dringt die Feuchtigkeit ins Innere des Autos. Eine grauenvolle Nacht.

Ich steige aus, setze den Fuß auf die Erde, und das euphorisierende Gefühl befällt mich, unwiderruflich einen Pakt einzugehen, über den ich mit niemandem werde sprechen können, niemals. Vorsichtig schließe ich die Tür, bloß keinen Lärm machen. Obwohl – wer soll schon um die Uhrzeit und bei dem Wetter hier vorbeikommen, in dieser einsamen Gegend? Ein Schritt, noch ein Schritt, was für ein ekelhafter Schlamm. Wie gerne würde ich die nassen Schuhe und die durchgeschwitzte Kleidung ausziehen und mich in eine heiße Badewanne legen und danach in ein frisch bezogenes Bett. Der verfluchte Schlamm klebt wie verrückt an den Sohlen.

Ich gehe weiter durch die Nacht voller Schatten, voller Geflimmer, im Regen, dessen Rauschen sich anhört, als würde ein Ungeheuer leise vor sich hin murmeln. Der Nebel lässt alle möglichen Gespenster zwischen den Bäumen erscheinen.

Beim Gehen orientiere ich mich an dem Licht, das von dem noch fernen Haus zu mir dringt.

Die Zufahrt säumen keine Zypressen, wie ich angenommen hatte, sondern Steineichen – so kommt es mir wenigstens vor, für genauere botanische Analysen ist es definitiv zu dunkel. Ich biege nach rechts ab, auf einen halb zugewachsenen Weg, auf dem frische Reifenspuren zu sehen sind.

Weiter hinten, hinter Büschen versteckt, steht der Lieferwagen. Daneben erhebt sich ein bescheidenes Häuschen mit Blechdach. Lächelnd gehe ich langsam auf das Licht im Inneren zu.

Der Regen macht mir inzwischen nichts mehr aus, er läuft mir übers Gesicht, aber das stört mich nicht, auch vom Schlamm lasse ich mich nicht aufhalten. Leichtfüßig und entschlossen schreite ich dahin, nähere mich ohne Hast durch den kleinen, mit Unkraut überwucherten Garten dem Haus. Der Regen wird schwächer.

Er ist da drin, das ist klar. Ich sehe ihn vor mir, sein müdes Gesicht, die zerknitterte Kleidung. Wahrscheinlich sitzt er am Tisch, beißt in ein Sandwich und versucht, Zeitung zu lesen oder dem zu folgen, was im Radio zu hören ist, während er geduldig darauf wartet, dass ihn die Schläfrigkeit übermannt und er wenigstens ein paar Stunden lang nicht seinen Ängsten ausgeliefert ist. Schlaf, Germán, schlaf, hier kommt Ursula und bringt alles in Ordnung. Heiter, wie beflügelt, schreite ich über klebrigen Schlamm, faulige Blätter, verwelkte Blüten hinweg.

Ich gehe einmal um das Haus herum, was nicht lange dauert – es ist wirklich sehr klein. Das einzige Licht in der mondlosen Nacht ist und bleibt der Schein, der aus dem Fenster fällt. Mein Körper sagt mir: Nichts wie rein! Aber ich erwidere: Geduld, Geduld!

Und trete noch ein Stück näher, so, dass ich durchs Fenster spähen kann. Durch die schmutzige Scheibe ist kaum etwas zu erkennen. Ich lasse meinen Augen Zeit, um sich auf die Verhältnisse einzustellen. Im düsteren Schein einer nackten Glühbirne, die von der Decke hängt, kann ich die Umrisse eines klobigen Sessels ausmachen, in dem jemand sitzt, eine menschliche Gestalt. Ich entferne mich wieder vom Fenster, nicht, dass ich noch entdeckt werde, und eilig habe ich es auch nicht. Ich erkunde das Gelände, stelle fest, dass das Haus nicht nur vorne, sondern auch hinten über eine Tür verfügt. Das hatte ich bei meiner ersten Umrundung übersehen.

Den Regen spüre ich nicht mal mehr, und die nassen Schuhe sind mir jetzt egal, stattdessen wächst die Freude in mir immer weiter an. Die ewigen Selbstzweifel machen fröhlicher Entschlossenheit Platz.

Ich stoße auf einen großen flachen Stein und lasse mich darauf nieder.

Das Licht im Haus erlischt.

Eine Stunde verstreicht, jetzt ist es Mitternacht. Nur der Regen ist zu hören, der mich weiter durchnässt.

Soll er doch.

Ich hole ein Paar Gummihandschuhe aus der Tasche, streife mir den rechten über, ziehe ihn zurecht, betrachte die fünf Finger unter der bläulich weißen Umhüllung, dann streife ich mir auch den linken über.

Und stehe auf und gehe zum Haus.

SIEBTER TAG

I

Hallo? Polizei? Helfen Sie mir, dies ist ein Notfall!«

»Polizeikommissarin Mariana Magariños, guten Abend, was kann ich für Sie tun?«

»Schicken Sie bitte sofort einen Streifenwagen, ich werde gegen meinen Willen festgehalten.«

»Sie werden festgehalten, sagen Sie?«

»Man hat mich entführt, trifft es besser.«

»Entführt?«

»Ja.«

»Können Sie bitte lauter sprechen? Ich höre Sie so schlecht.«

»Nein, kann ich nicht, der Entführer ist ganz in meiner Nähe. Er schläft gerade, ich habe die Fesseln an meinen Händen lockern können, und den Knebel in meinem Mund auch, dann bin ich zu ihm rüber und habe sein Handy an mich genommen, aber er kann jeden Moment aufwachen.«

»Beruhigen Sie sich, bitte. Wie ist Ihr Name?«

»Santiago Losada.«

»Sind Sie verletzt, Herr Losada?«

»Nein, bin ich nicht. Aber beeilen Sie sich, bitte!«

»Wie viele Personen befinden sich außer Ihnen noch in dem Haus, in dem Sie festgehalten werden?«

»Nur ein Mann, da bin ich mir sicher.«

»Wissen Sie, ob die Person bewaffnet ist?«

»Nein, das weiß ich nicht, ich habe keinerlei Waffen gesehen.«

»Gut, versuchen Sie, sich zu beruhigen. Ich schicke sofort einen Streifenwagen.«

»Was heißt hier, versuchen Sie, sich zu beruhigen? Man hat mich entführt, mein Leben steht auf dem Spiel! Wenn der Typ mich beim Telefonieren erwischt, ist er zu allem fähig.«

»Können Sie sagen, wo Sie sich befinden?«

»Keine Ahnung.«

»Können Sie vielleicht die nähere Umgebung beschreiben?«

»Ich weiß nur, dass ich im Nirgendwo bin.«

»Auf dem Land also? In einer Hütte?«

»In einer Hütte mit einem Blechdach. Ziemlich einfach und heruntergekommen.«

»Können Sie sagen, was durchs Fenster zu sehen ist?«

»Nein, draußen ist es stockfinster, außerdem regnet es in Strömen. Aber dieses Handy hat GPS, ich versuche gerade, herauszufinden, ob es anzeigt, wo die Hütte steht.«

»So ein Glück. Können Sie mir die Daten durchgeben?«

»Fünfunddreißig Grad, vierundfünfzig Minuten, elf Sekunden, West. Dreiundvierzig Grad, elf Minuten, siebzehn Sekunden, Süd. Außerdem steht hier ein Straßenname: Camino del Quebrado.«

»Einen Moment, Herr Losada, bitte bleiben Sie dran … Achtung, Zentrale, es gibt einen Entführungsfall, die entführte Person heißt Santiago Losada. Schicken Sie sofort eine Streife Richtung Camino del Quebrado. Wiederhole: Camino del Quebrado. Es folgt die genaue Ortsangabe: fünfunddreißig Grad, vierundfünfzig Minuten, elf Sekunden, West und dreiundvierzig Grad, elf Minuten, siebzehn

Sekunden, Süd. Der vermutliche Entführer scheint im Moment zu schlafen. Dass er über eine Waffe verfügt, kann nicht ausgeschlossen werden. Das Opfer wird in einem alten baufälligen Gebäude festgehalten. Mehr ist vorläufig nicht bekannt.«

»Hallo? Und, ist schon jemand unterwegs?«

»Drei Einsatzwagen, Herr Losada, und die Spezialeinheit für Entführungen wird sich höchstwahrscheinlich anschließen. Verhalten Sie sich ruhig und bleiben Sie, wo Sie sind.«

»Bitte beeilen Sie sich!«

»Wir arbeiten unter Hochdruck an der Lokalisierung der Hütte, Herr Losada.«

»Schnell, der Kerl kann jeden Augenblick aufwachen.«

»Ist er im selben Zimmer wie Sie?«

»Nein, er schläft nebenan.«

»Gut. Rühren Sie sich nicht vom Fleck.«

»Sehr witzig – wie denn? Ich habe Handschellen an den Füßen. Ich schleppe mich zu meinem Sessel zurück und warte dort.«

»Immer mit der Ruhe. Und halten Sie sich von Fenstern und Türen fern.«

2

Halb zwei. Es ist so weit.

Frei und unbeschwert schwebe ich fast auf das Haus zu. Die beiden sind drinnen. Ich kann sie vor mir sehen – der eine schläft tief, in einem ungemütlichen Bett ohne Bettzeug, in den Kleidern, die er auch heute Nachmittag anhatte; der andere sitzt gefesselt und geknebelt auf einem Stuhl oder Sessel, vielleicht ist er wach, aber das spielt keine Rolle, bald wird auch er schlafen, für immer und ewig.

In der mondlosen Nacht gibt es keinerlei Schatten, alles ist gleichmäßig dunkel, draußen wie drinnen, in dem Haus ohne Licht, in das ich gleich eintreten werde.

Ich wusste, dass die Tür nicht abgeschlossen sein würde. Woher, keine Ahnung, Intuition. Mit angehaltenem Atem stoße ich sie auf, das leise verschwörerische Quietschen wird sofort vom Rauschen des Regens überdeckt, der genau im richtigen Moment noch stärker niederprasselt.

Im Inneren empfängt mich abgestandene lauwarme Luft, es riecht scharf nach uraltem Schmutz, wurmstichigen Möbeln, toten Insekten, vergilbtem Papier, modernden Leichen von Ratten und Vögeln. Ich lächle, schließe die Tür hinter mir und betrete das düstere Mausoleum.

Ich warte, bis meine Augen sich an die Dunkelheit gewöhnt haben, imstande sind, Schwarzes von noch Schwärzerem zu unterscheiden. Allmählich nehmen die vagen Formen Gestalt an – ich kann einen Tisch mit einem Radio darauf ausmachen, dazu ein Päckchen Matetee und ein

Tablett mit Esswaren. Weiter hinten ein Bett, das genau so ist, wie ich es mir vorgestellt hatte. Dort liegt Germán und schläft wie ein Stein, dass er nicht tot ist, erkennt man bloß an dem Schnarchen, von dem die Wände erzittern. Neben dem Bett steht ein Nachttisch, in dem Nachttisch ist eine Schublade.

Katzengleich einen Fuß vor den anderen setzend, schleiche ich darauf zu, bei dem Lärm, den der Regen macht, könnte ich aber genauso gut beherzt auf den sicherlich ebenfalls wurmzerfressenen Dielen auftreten.

Trotzdem versuche ich, auch die Nachttischschublade möglichst geräuschlos zu öffnen, sie klemmt, es knarrt, und ich werfe einen Blick auf Germán, der zusammenzuckt, für einen Augenblick zu schnarchen aufhört und ein paar zusammenhanglose Wörter murmelt, um gleich darauf so laut wie zuvor weiterzusägen. Ich versuche es erneut, noch vorsichtiger. Jetzt klappt es, widerstandslos lässt sich die Schublade herausziehen und präsentiert ihren Inhalt, den Revolver.

Behutsam ergreife ich ihn mit Daumen und Zeigefinger, ein Taschentuch brauche ich diesmal nicht, ich hebe ihn hoch, prüfe sein Gewicht, lege auf Germán an, der daliegt wie ein schlafendes Kind, wie ein mit Drogen vollgepumpter Erwachsener. Kannst ruhig sein, Germán, Mami ist da und bringt alles in Ordnung.

Ich streiche ihm mit dem Ende des Laufs über die Stirn, dann senke ich die Waffe und schließe die Hand fest um den Griff.

3

Hallo?«

»Wer ist da? Bist du das, Schatz? Endlich! Wo bist du?«

»Ja, ich bin es.«

»Ich kann dich nicht hören, du musst lauter sprechen.«

»Ich kann nicht lauter sprechen. Hör mir gut zu, die Polizei muss gleich hier eintreffen.«

»Wo bist du denn, sag? Oh Gott, ich freue mich so!«

»Sag jetzt nichts, bitte, hör mir bloß zu.«

»Ich höre so gut wie nichts. Wie geht es dir? Sprich lauter.«

»Mir gehts gut, aber ich kann nicht lauter sprechen.«

»Liebling, ich bin so aufgeregt.«

»Ich bin entführt worden, sie haben mich gefesselt.«

»Wie? Ich kann dich kaum hören, du musst lauter sprechen.«

»Ich kann nicht, ich sag doch, ich bin entführt worden. Der Typ, der mich gefangen hält, ist auf der anderen Seite der Tür. Jetzt schläft er aber wie ein Stein, du kannst dir nicht vorstellen, wie laut er schnarcht.«

»Dein Entführer ist gleich nebenan? Sieh zu, dass du da wegkommst, das ist ja wahnsinnig gefährlich.«

»Ich kann nicht.«

»Warum fliehst du nicht, wenn er so tief schläft?«

»Weil ich Handschellen um die Füße habe, ich kann nur ganz winzige Schritte machen, auf die Weise komme ich nirgendwohin. Soweit ich durchs Fenster sehen kann, bin ich irgendwo mitten auf dem Land, ich würde es nicht mal bis zur Straße schaffen. Die Hände habe ich freibekommen, ich habe die Fesseln gelockert und mir auch den Knebel aus dem Mund nehmen können, dann bin ich in das Zimmer rüber, wo der Typ schläft, und habe ihm das Handy abgenommen. Mein Gott, schnarcht der laut!«

»Du hast sein Handy?«

»Ja, gerade habe ich mit der Polizei telefoniert.«

»Das heißt, du weißt jetzt, wo du dich befindest?«

»Mehr oder weniger.«

»Was heißt, mehr oder weniger?«

»Das Handy hat GPS, ich konnte die Koordinaten ablesen, und ich habe auch eine Karte dazu gefunden, die ist aber ziemlich ungenau, sie zeigt bloß eine Straße an.«

»Wie heißt die? Wo ist das? Sag mir alles, was du herausgefunden hast, schnell. Dann komme ich dorthin.«

»Nein, lass das, das könnte ziemlich gefährlich werden.«

»Ich möchte aber, bitte!«

»Und dein Mann?«

»Der soll machen, was er will, ich wollte es ihm nach der Reise sowieso sagen. Als du nicht am Flughafen erschienen bist, bin ich erst mal wieder nach Hause. Und seitdem habe ich nur auf dich gewartet, ich hatte solche Angst, dass du tot bist.«

»Beruhige dich, Schatz, alles wird gut.«

»Sag mir, wo du bist, dann mache ich mich sofort auf den Weg.«

»Laut GPS heißt das hier Camino del Quebrado.«

»Camino del Quebrado? Nie gehört.«

»Ich auch nicht, aber so steht es auf der Karte.«

»Ich fahre sofort los, Liebster, irgendwie werde ich es schon finden.«

»Warte mal, ich glaube, ich höre was.«

»Ist der Typ aufgewacht?«

»Keine Ahnung.«

»Flieh, mein Liebling, versteck dich irgendwo …«

»Nein, die von der Polizei haben gesagt, ich soll hierbleiben. Ich tu einfach so, als schlafe ich. Die werden schon gleich kommen.«

»Pass auf dich auf, Schatz, ich mache mich auf den Weg. Camino del Quebrado hast du gesagt, stimmts?«

4

Der Revolvergriff ist porös und kalt, aber er brennt in meiner Hand, bewegt sich, zuckt. Ich umfasse ihn und lasse wieder locker, meine Hand drückt und gibt nach, als versuchte sie, mit einem geliebten Körper vertraut zu werden. Sie betastet den Griff, streichelt ihn, hebt die Waffe hoch, legt sie an meine Lippen, ich spüre die Kälte des Laufs, ganz nah an meinen Zähnen, ich küsse ihn.

Der Revolver will, dass es losgeht, ich sage zu ihm, er soll warten, ich habe mein Ziel noch nicht erreicht. Es befindet sich jenseits der Tür dort, die in das andere Zimmer führt.

Die Tür, die sich geräuschlos öffnet, die Tür, hinter der völliges Schweigen herrscht. Völliges Schweigen und völlige Dunkelheit. Ich warte, schnuppere, rieche Schweiß, Urin, Blut, und unter dem Menschengestank einen Hauch Leder, Sandelholz, Amber. Ich betrete das Zimmer, dränge die Dunkelheit zurück, durchstoße die Finsternis, kneife die Augen zusammen und mache schließlich einen dunkleren, dichteren Schatten vor mir aus, eine menschliche Gestalt, die zurückgelehnt in dem Sessel sitzt, den ich schon durchs Fenster gesehen habe. An einer Seite hängte etwas Weißes herab, das könnte ein Arm sein. Ja, unter dem Menschengestank dringt ein Hauch Leder, Sandelholz, Amber hervor. Der Mann in dem Sessel schläft, sein Gesicht wird zur Hälfte von einem hellen Stück Stoff verdeckt, einer Binde, die über seinen Augen liegt. Ich höre Santiagos gleichmäßigen Atem, er schnarcht nicht laut rasselnd wie Germán, ihm kommen nur geflüsterte Seufzer über die Lippen, einer und noch einer und noch einer, so atmen Menschen, die ein ruhiges Gewissen haben. Ich trete auf Zehenspitzen näher und höre ihm eine Weile zu, gerne würde ich ihn streicheln, über seinen Schlaf wachen, ihn beschützen, meinen Mann aus seiner unangenehmen Lage befreien, ihn wecken und mit ihm davonlaufen, Hand in Hand dem Albtraum entfliehen. Endlich stehe ich vor Santiago, zum ersten Mal kann ich ihn sehen – soweit man von sehen sprechen kann, seine Gesichtszüge bleiben mir verborgen –, und ich bin selbst erstaunt über die zärtlichen Gefühle, die in mir aufsteigen, ich lehne mich an die Wand, um mich ihnen eine Zeit lang zu überlassen. Dieser Mann ist noch jung, gefesselt und wehrlos sitzt er vor mir – komm, mein geliebter Santiago, wach auf, kehre mit mir in unser Leben zurück, in unser Haus in Carrasco, mit unserem Pool, meiner Kasuarinenallee und meinem Gewächshaus.

»Du wirst nie so ein Haus wie Luz besitzen, niemals«, meldet sich Papa, »keinen Pool und keinen Gärtner und keine Kasuarinenallee. Siehs ein, Ursula, dafür bist du zu fett.« – »Halt den Mund, Papa«, flüstere ich, »halt den Mund und verrecke, für immer und ewig, selbst aus meinem Gedächtnis sollst du verschwinden. Noch heute Nacht, wenn ich nach Hause zurückkehre, werde ich all deine Fotos zerreißen, damit du nie, nie wieder vor mir auftauchst.«

Erneut betrachte ich den Mann in dem Sessel, versuche, meine Atmung in den Griff zu bekommen, einen Moment lang schließe ich die Augen, die Wand ist so kalt, dass ich anfange zu zittern. Tut mir leid, Santiago, so gleichmäßig und ruhig wirst du nicht weiteratmen können, denn du musst jetzt sterben. Ich kann mir kein Zögern erlauben, Arschloch, deinem Babyschlaf setze ich jetzt sofort ein Ende.

Ich löse mich von der schützenden Wand, gehe zu dem Schatten, der im Sessel sitzt und weiterhin leicht und gleichmäßig vor sich hin atmet. Ich hebe den Revolver an und ziele auf den Schlafenden, nehme ihn sorgfältig ins Visier, von dem Jubel in meinem Inneren muss ich die Augen zusammenkneifen, aber ich zittere kein bisschen, endlich zieht Frieden in mich ein.

Ich halte den Atem an. Ein winziges Geräusch aus weiter Ferne lässt mich erstarren, es ist so leise, dass ich mir nicht sicher bin, ob ich es wirklich gehört oder mir bloß eingebildet habe. Ich senke die Waffe. Warte. Sage mir, dass meine Einbildungskraft mal wieder irgendwelche Dinge erfindet, dass mein Verstand versucht, die Leere zu füllen. Und lege wieder auf den Schlafenden an.

Doch, jetzt bin ich mir sicher, irgendwas kommt näher, es wird lauter, aus dem Flüstern wird das Heulen einer Sirene, unaufhaltsam nimmt es in der Dunkelheit Gestalt an, erfüllt das Zimmer, mein Arm fällt schlaff herab, und einmal mehr spüre ich, wie mir der Schweiß ausbricht, weil die Angst wieder da ist und meinen ganzen Körper erfasst. Den Revolver in der Rechten, sage ich mir, dass noch Zeit ist, dass ich bloß wieder anzulegen brauche …

Ich zögere.

Werfe einen Blick zum Hinterausgang.

Soll ich schießen? Ich hebe die Waffe an, lasse sie wieder sinken.

Ohne mich noch einmal nach dem hellen Schatten umzusehen, dessen Atemzüge ich nicht mehr höre, der auf einmal verstummt ist, gehe ich hinaus und mache behutsam die Tür hinter mir zu. Geräuschlos laufe ich davon, so schnell ich kann, verschwinde in der Dunkelheit der Nacht, bevor die blauen und roten Blinklichter eintreffen. Ich springe über Stacheldraht, dann über eine niedrige Mauer, ich laufe und laufe, quer durch ein Dornengestrüpp, das mir das Gesicht zerkratzt, sich in Kleidern und Haaren verfängt – bis ich mich keuchend und mit wild schlagendem Herzen auf den Fahrersitz meines Autos fallen lasse, vielleicht zweihundert Meter von der Stelle entfernt, wo jetzt alle möglichen Scheinwerfer aufleuchten und das Haus anstrahlen, während durch Lautsprecher martialische Befehle erteilt werden.

Ich schalte den Motor ein, lasse das Licht aber aus, und entferne mich von dem Haus, einhundert, zweihundert Meter, immer noch höre ich den Lärm, sehe den Widerschein von immer mehr Scheinwerfern.

Ich fasse in meine Handtasche und hole das Glas Joghurt heraus, schraube es auf, hole tief Luft. Lächle mein Abbild im Rückspiegel an, obwohl dort nur ein vager Umriss zu sehen ist. Ich setze an und leere das Glas in einem Zug.

Ich höre erst einen Motor, dann sehe ich die Lichter, mir kommt ein Auto entgegen, dem ich unmöglich ausweichen kann. Ich werfe das Joghurtglas zum Fenster hinaus, lasse die Scheibe hochfahren. Die Scheinwerfer eines riesigen Fahrzeugs blenden mich, ein luxuriöser SUV hält vor mir und versperrt den Weg. Jemand steigt aus, läuft auf mich zu. Schreiend gibt die Person mir zu verstehen, dass ich das Fenster runterlassen soll, klopft mit den Fingerknöcheln an die Scheibe.

»Entschuldigen Sie, ich habe mich verfahren, können Sie mir sagen, wie ich zum Camino del Quebrado komme?«

Ich lasse das Fenster ein Stück herunter. Gardenie und Ingwer? Ich öffne das Fenster ganz.

»Ursula, was machst du denn hier?«

»Und du, Luz, was machst du hier?«

Schweigen. Ich steige aus. Luz sieht mich an.

»Trägst du beim Autofahren immer Gummihandschuhe?«

Hastig streife ich die Handschuhe ab, werfe sie an den Straßenrand.

»Und der Ring da, Ursula? Das ist ja der von Tante Irene.«

5

UNTERNEHMER WIEDER FREI

Der vor Kurzem entführte Unternehmer Santiago Losada aus Montevideo konnte heute Morgen von Polizeikräften befreit werden. Unterstützt wurden die Beamten bei ihrem Einsatz von einer Spezialeinheit für Entführungen. Losada hatte zuvor eine Unachtsamkeit seines Entführers ausgenutzt und einen Anruf bei der Notfallnummer 911 getätigt. Die Sicherheitskräfte begaben sich daraufhin umgehend zu einem in der Nähe von Montevideo auf dem Land gelegenen Haus, dessen Adresse, Camino del Quebrado, der Entführte den Beamten bei seinem Anruf hatte durchgeben können.

Nachdem der Entführer der wiederholten Aufforderung nicht nachgekommen war, das Gebäude, in dem er sein Opfer gefangen hielt, mit erhobenen Händen zu verlassen, drangen die Polizeikräfte gewaltsam in das Haus ein.

Wie sich herausstellte, schlief der Entführer. Offensichtlich hatte er ein starkes Betäubungsmittel oder nicht genauer bestimmte Drogen zu sich genommen. Der Unternehmer Losada wurde unverletzt vorgefunden, zur Überprüfung seines Gesundheitszustands jedoch vorsorglich ins Hospital Británico gebracht. Ob bei der Entführung Waffen zum Einsatz gekommen sind, konnte von den Beamten der Spurensicherung noch nicht ermittelt werden.

Aus ebenfalls noch ungeklärten Gründen hatte der Entführer bislang weder der Frau seines Opfers noch sonstigen Verwandten gegenüber irgendwelche Lösegeldforderungen gestellt.

Der Verhaftete G. H. S. wurde bereits dem mit dem Fall betrauten Untersuchungsrichter der Zweiten Strafgerichtskammer Aurelio Bocchini vorgeführt. Offenbar war noch eine weitere Person an der Entführung beteiligt. Diese scheint sich jedoch bereits vor zwei Tagen abgesetzt zu haben. Ihr gegenwärtiger Aufenthaltsort ist nicht bekannt.

EINEN MONAT SPÄTER

I

Alles schiefgegangen.«

»Nein, Sergio, nicht ganz alles, die Polizei kann dir nichts, du bist weit weg und du hast das Geld von meinem Mann.«

»Zumindest das Geld, das er nach Bolivien mitnehmen wollte, um Luz ihr kleines Rosenabenteuer zu finanzieren. Ein kleines Geschenk für seine Geliebte, so nebenher. Dein Ex spürt den Verlust so einer Summe nicht mal.«

»Sag das nicht noch einmal, bitte ...«

»Eine halbe Million ist nichts im Vergleich zu dem, was wir von der Lebensversicherung bekommen hätten, wenn Germán ihn wie geplant umgebracht hätte.«

»Ja, aber Germán sitzt im Gefängnis, und Santiago ist noch am Leben und lässt sich von mir scheiden, damit er Luz heiraten kann. Und du bist mit der schönen halben Million in weiter Ferne. Also bitte, für wen von uns beiden ist die Sache schiefgegangen?«

»Na gut, Ursula, ich habe das alles gemacht, damit wir zusammenleben können.«

»Alles *gemacht?* Du hast vor allem alles *mitgenommen.*«

»Aber gegen mich läuft ein Verfahren, Interpol sucht nach mir, und ich werde ein paar Jahre abtauchen müssen und sehen, wie ich mich durchschlage.«

»In einem halben Jahr denkt kein Mensch mehr an dich, hat der Anwalt gesagt.«

»Du kannst deinen Mann verklagen, du kannst das Haus in Carrasco verlangen, oder das in Punta del Este, und dazu ein, zwei Autos und Geld.«

»Von wegen, ich habe keinerlei Ansprüche, das hat mir der Anwalt schon vor Langem klargemacht. Was glaubst du denn, warum ich mich auf so eine komplizierte Geschichte eingelassen habe? Doch nur, weil ich nicht anders an Geld kommen konnte.«

»Das heißt, du hast es gar nicht aus Liebe zu mir getan.«

»Sei nicht so zynisch.«

»Hast du schon mit Santiago gesprochen?«

»Ja, natürlich, wir müssen noch verschiedene Kleinigkeiten klären, gestern habe ich mehrere Sachen aus dem Haus in Carrasco geholt.«

»Glaubst du, er ahnt was?«

»Was mich angeht? Nein, nicht im Geringsten. Er kann es nur immer noch nicht fassen, dass ausgerechnet du an der Entführung beteiligt warst, sein liebster Mitarbeiter. Aber auf die Idee, dass ich etwas damit zu tun haben könnte, kommt er nicht, auf keinen Fall.«

»Siehst du, für dich ist es wirklich nicht schlecht ausgegangen. Du könntest jetzt auch im Knast sitzen, wie Germán.«

»Ja, schlimmer geht immer …«

»Ursula, ich hab dir schon tausend Mal gesagt, komm mit nach Afrika. Mit dem Geld kann ich ein Hotel aufmachen, oder ein gutes Restaurant.«

»Nerv nicht, Sergio, ich will gut leben, und zwar jetzt. Für irgendwelche langfristigen Projekte bin ich nicht die Richtige.«

»Eins wundert mich – hast du irgendwo in den Meldungen was über die Frau gefunden, die bei dir angerufen hat?«

»Nein.«

»Wer war das wohl? Hast du eine Ahnung? Du hast schließlich mit ihr telefoniert.«

»Ich muss zugeben, beim ersten Anruf bin ich ganz schön erschrocken. Das kam total unerwartet, ich wusste nicht, wie ich reagieren soll.«

»Das kann ich mir nicht vorstellen, dir fällt doch immer was ein. Aber es stimmt schon, auf so was wären wir wirklich im Traum nicht gekommen. Germán hat sich offensichtlich eine neue Partnerin gesucht, als er gemerkt hat, dass ich ihn habe sitzen lassen. Wahrscheinlich irgendeine Freundin von früher, jemand, dem er vertraut.«

»Ja, das hätte ich Germán niemals zugetraut.«

»In jedem Fall war es ein Fehler, ihn mit ins Boot zu nehmen. Der arme Idiot, kommt nach zwanzig Jahren aus Spanien zurück, und kaum ist er ein paar Tage hier, landet er im Gefängnis. So was nennt man Pech. Der kann sich schon mal auf ein paar Jährchen Knast einstellen. Noch schlimmer sähe es für ihn allerdings aus, wenn er dich angerufen und Lösegeld von dir verlangt hätte, oder wenn sie die Waffe gefunden hätten. Was hat er wohl mit dem Revolver gemacht, den ich ihm besorgt hatte?«

»Den hat er bestimmt irgendwo ins Gebüsch geworfen, oder was weiß ich. Vielleicht hat er ihn auch seiner Partnerin gegeben. Was für eine komische Frau, ganz schön seltsam, wirklich. Weißt du was, Sergio? Sie war entschlossen, ihren Teil der Vereinbarung zu erfüllen – sie hätte Santiago umgebracht. Das weiß ich. Deshalb habe ich fest damit gerechnet, dass das mit dem Geld von der Lebensversicherung klappt, ich war mir sicher, dass sie ihn erschießen würde.«

»Dann ist sie also durchaus gefährlich …«

»Allerdings. Oder verrückt. Darum habe ich der Polizei ja

auch nichts von den Anrufen erzählt, ich wollte sie lieber aus der Sache raushalten.«

»Aber das Geld hättest du ihr niemals gegeben, oder?«

»Nein, aber ein bisschen Angst hatte ich schon bei dem Gedanken, sie reinzulegen. Ich habe mir gesagt, eines Tages kommt sie vielleicht und rechnet mit mir ab. Ich stelle sie mir groß und dick vor, wegen ihrer kräftigen Stimme. Eine ganz schöne Furie, würde ich sagen.«

»Und als alles aufgeflogen ist, ist sie verschwunden, spurlos.«

»Ja, keine Ahnung, wer sie ist und wo sie stecken könnte. Das weiß bloß Germán, falls er es überhaupt weiß.«

»Falls er es weiß, hat er jedenfalls nichts gesagt, zu den Bullen, meine ich. Vielleicht weiß er es aber auch selbst nicht. Was anderes: Werden Santiago und Luz heiraten?«

»Ja, ich hab doch gesagt, dass ich gestern in Carrasco war, um Sachen zu holen. Santiago und Luz waren beide da, Luz war gerade dabei, bei ihm einzuziehen. Und ihre Schwester Ursula hat ihr geholfen. Die hat den gleichen Vor- und Nachnamen wie ich, verrückt, was? Ursula López, genau wie ich.«

»Na, so was.«

»Ja, wirklich. Eine seltsame Person. Zur Begrüßung hat sie irgendwas gemurmelt, und danach hat sie, solange ich da war, kein einziges Wort mehr von sich gegeben. Vielleicht war sie heiser, was weiß ich.«

»Ist sie so hübsch wie Luz?«

»Noch viel hübscher. Sie hat ein paar Kilo zu viel auf dem Leib, aber sie ist trotzdem eine wunderschöne Frau.«

2

Der Tag hat sanft begonnen, ohne besondere Versprechungen. Gemütlich im Bett liegend, habe ich in aller Ruhe zugesehen, wie es hell geworden ist. Bis ich die behagliche Schläfrigkeit überwunden habe, indem ich in Gedanken sorgfältig die Liste der anstehenden Aufgaben durchgegangen bin. Mit dem Ergebnis, dass ich heute das Haus verlasse, obwohl ich weder eine Sitzung beim Therapeuten noch ein Weight-Watchers-Treffen habe. Nach einem frühen Mittagessen schließe ich die Wohnungstür hinter mir ab und fahre mit dem Aufzug nach unten. Durch das bodentiefe Fenster neben dem Hauseingang sehe ich die Nachbarin aus dem ersten Stock, wir begrüßen uns mit einer Handbewegung, sie von draußen, ich von drinnen. Ich öffne die Eisentür, die von Tag zu Tag schwerer wird, und wir beide erstarren, wie immer, wenn sich zwei Menschen an den gegenüberliegenden Enden eines Durchlasses befinden, der so schmal ist, dass nur einer passieren kann. Vor allem, wenn einer der beiden Menschen dick ist. Jedes Mal lassen die anderen, die Dünnen, unsereins schlussendlich den Vortritt, als hätten sie Angst, mit unseren viel zu vielen Kilo könnten wir über sie herfallen und ihre kleinen Leiber am Boden zerquetschen. Die Nachbarin winkt mich also durch, aber ich weiß, dass sich hinter der höflichen Geste die Furcht der Kakerlake vor der riesigen Schuhsohle verbirgt. Ich gehe hinaus und halte anschließend der Nachbarin die Tür auf, wir begrüßen uns erneut, hallo, hallo, was für ein scheußliches Wetter, immer diese Feuchtigkeit im Herbst, die Wäsche wird einfach nicht trocken, aber sehen Sie mal, im Osten scheint es aufzuhellen. Dann leite ich von der Wettervorhersage zu konkreteren Ereignissen über. »Bei dem Lärm neulich, in der Nacht, habe ich die ganze Zeit wach gelegen, also wirklich …«

»Was für ein Lärm?«

»Na, als oben die Party war.«

»Davon weiß ich nichts, ich war verreist, ich bin erst heute Nacht zurückgekommen.«

»Die haben bis spätnachts mit voller Lautstärke Musik gehört und ferngesehen, und dazu gelacht und geschrien, als wären sie die einzigen Menschen weit und breit.«

»Na, so was, hier ist es doch sonst immer so ruhig, zumindest in der Nacht, wenn die Büros im Viertel geschlossen sind.«

»Genau, das mag ich ja gerade an der Altstadt, dass es hier nachts so schön ruhig ist, die reinste Grabesstille, man könnte meinen, man lebt auf dem Friedhof.«

Die Nachbarin macht ein befremdetes Gesicht. »Ich würde eher sagen, es ist wie auf dem Dorf.«

»Ja, wie auf einem Dorf, dessen Bewohner wegen einer Seuche die Flucht ergriffen haben.«

»Wo genau war denn diese Party?«

»Über mir, im sechsten Stock, wie die Frau heißt, die dort wohnt, weiß ich nicht, ich weiß nur, dass sie ständig Stöckelschuhe anhat. Zuletzt hat bei mir neulich nur noch ein Schlafmittel geholfen …«

Nach längerem Schweigen sagt die Nachbarin: »Die Wohnung war doch leer, die ist erst vor Kurzem verkauft worden. Ich wusste gar nicht, dass da schon wer eingezogen ist. Sind Sie sich sicher? Ich habe den Eindruck, da wohnt noch gar niemand.«

Ich sehe sie an, sie sieht mich an und senkt die Augen.

Dann schließt sie sacht hinter sich die Tür und verschwindet im Flur.

Ich gehe hastig durch die Calle Sarandí Richtung Plaza Matriz. Die Calle Sarandí ist Fußgängerzone, um mich herum drängen sich Angestellte, die aus ihren Büros kommen, um essen zu gehen, eine Zigarette zu rauchen oder die letzten Strahlen der Herbstsonne zu genießen, Manager im Anzug, Kunsthandwerkverkäufer in Ponchos, Touristen in Shorts. Eine atemlose Masse, und alle bewegen sich in Gegenrichtung, wie immer. An den Auslagen der Schaufenster gehe ich gleichgültig vorbei, an der Plaza winke ich nur kurz dem Mann zu, der auf die Autos aufpasst, und bei dem Kiosk, wo es die Honigkekse gibt, biege ich schließlich, ohne anzuhalten, nach rechts ab und eile weiter bis zur Bushaltestelle. Als ich dort ankomme, kommt auch gerade der Bus. Ich steige ein und setze mich auf den erstbesten Platz, heute bin ich an keinerlei fremden Unterhaltungen interessiert, heute interessiere ich mich nur für mich selbst.

An der Kreuzung Calle 21 de Setiembre und Calle Ellauri steige ich aus und gehe ein kleines Stück nach Westen, bis zum Parque Villa Biarritz. Dort streife ich eine Weile in der milden Sonne durchs Gras, bis ich eine Bank gefunden habe, die weit genug von der Straße entfernt ist und zugleich in die von mir gewünschte Richtung blickt, und setze mich. Es ist mir zur Gewohnheit geworden, Germáns Revolver zu liebkosen, ich reinige ihn und lächle ihn an, er begleitet und beschützt mich.

Armer kleiner Germán, wer weiß, wie lange er im Gefängnis wird sitzen müssen. Verdient hat er es ja, weil er so ein Feigling ist und sich nie zu irgendwas entscheiden kann. Wie hat er es bloß geschafft, so abzunehmen? Das Wetter ist inzwischen richtig schön geworden.

Jetzt heißt es warten.

Das Gebäude ist groß, besitzt einen Portier in Uniform, üppig bepflanzte Balkons mit Blick auf den Park und hübsche Bewohner, die mit ihren gepflegten Hunden im Ausgang erscheinen, vor dem ständig teure Autos vorfahren, oder auch die Lieferwagen von Vier-Sterne-Restaurants, Fensterputzern und Teppichreinigern. Hinter den Fenstern spielt sich ein luxuriöses Leben ab, wie ich von meinem Beobachterposten aus erahnen kann. Eine kleine wohlhabende Stadt auf zwölf Etagen aus Beton und Glas.

Ich warte weiter.

Um Viertel vor zwölf verlässt sie das Haus. Aus der Ferne erkenne ich sie an ihrem Haar, später auch an den Gesichtszügen – gestern habe ich sie ja im Haus von Santiago gesehen. Sie hat teure Sportkleidung an, wahrscheinlich ist sie auf dem Weg in ein Fitnessstudio, oder sie will die Rambla entlangjoggen oder zumindest -spazieren. Schicke Frisur und muskulöse Beine, ich nehme an, sie macht regelmäßig Aerobic oder hat einen Personal Trainer. Ob sie auch Rosen züchtet? Ich glaube nicht, sie hat ja keinen Mann mit Haus und Garten mehr, das gehört jetzt alles meiner Schwester, obwohl ihr genug Geld geblieben sein muss, um sich mehrere Gärten leisten zu können. Sie hat einen federnden, selbstsicheren Gang, bei ihrem Anblick bin ich überzeugt, dass sie nicht lange brauchen wird, um es sich wieder auf die bestmögliche Art in dieser Welt einzurichten – mit Geld, Pool und Hauspersonal.

Sie und ich, zwei Frauen mit dem gleichen Namen: Ursula López. Welche von beiden ist die echte Ursula López? Sie natürlich, nicht ich, Germáns Anruf war für sie bestimmt, nicht für mich, sie ist die echte, und ich bin die falsche Ursula.

Und wenn sie jetzt einfach in ein Auto steigt und davonfährt? Nein, sie überquert die Straße und schlägt ohne Eile den Weg durch den Park ein, mit der Ruhe der Zuversichtlichen.

Sie geht genau in meine Richtung, und obwohl ich weiß, dass sie mich aus dieser Entfernung und wegen der Brille, die ich aufgesetzt habe, unmöglich erkennen kann, werde ich nervös, weil sie immer näher kommt, am Ende entdeckt sie mich, bevor ich irgendwas habe tun können. Ich taste nach meiner Handtasche, stecke die Hand hinein, um mich zu vergewissern, dass mein Begleiter noch da ist.

Armer Germán, aber er ist selbst schuld, dass die Sache so schlecht für ihn ausgegangen ist. Jedem das Seine.

Sie lächelt, und ich erschrecke, aber sie lächelt nicht mich an, sie lächelt in sich hinein. Sie wirkt entspannt und zufrieden, offensichtlich genießt sie die angenehme Temperatur und die friedliche Umgebung. Am Arm trägt sie eine teure Uhr, über den Ohren einen Kopfhörer, ein elegantes Designermodell. Sie gehört zu den Frauen, die Probleme jeder Art schnell in den Griff bekommen, umstandslos wieder von vorne anfangen, einfach die Karten mischen und neu austeilen.

Trotzdem, ich werde das Gefühl nicht los, dass sie mich ansieht. Ich presse die Handtasche an mich, lege die Arme um sie und gehe für alle Fälle zu dem Parkwächterhäuschen und setze mich auf die Bank daneben, so bin ich außer Sicht und kann den Park dennoch gut überblicken. Was für ein Panorama, herrlich, die Eiche dort drüben, welch grandiose Kombination klarer Formen und überbordender Vitalität! Über mir zwitschern wie verrückt die Vögel, geben sich alle Mühe, die Welt durch ihren kindischen Lärm zu verzaubern. Sie geht nahe an mir vorbei, sehr nahe sogar, und zeigt der Leere, dem Himmel, dem Nichts ihr strahlend weißes Lächeln. Sie geht nur wenige Meter entfernt an mir vorbei, doch das Einzige, was passiert, ist, dass ein leiser Duft nach

Zitrone oder Limette und Bergamotte zu mir herüberweht, der auch dann noch in der Luft liegt, als sie bereits zwischen den Araukarien verschwindet. Reglos an die Handtasche geklammert, sehe ich von meiner Bank aus zu, wie sie sich an diesem wunderschönen sonnigen Tag immer weiter von mir entfernt.

Ich atme den Bergamotteduft ein, ein wenig Kardamom ist auch dabei. Dieser Geruch, sage ich mir, wird ebenso verschwinden wie sie selbst. Und auch dieser Augenblick wird vergehen wie eine Träne im Ozean.

Ich stehe auf und gehe hinter ihr her.

Die Montevideo-Romane

Falsche Ursula

Ursula ist unzufrieden. Zu hässlich, zu hungrig, zu allein. Da kommt ihr der mysteriöse Erpresseranruf eigentlich ganz gelegen: Man habe ihren Ehemann entführt, eine Million Lösegeld. Nur: Ursula hat gar keinen Ehemann. Grund genug, ihr kriminalistisches Talent auszuschöpfen und sich in ein abstrus herrliches Abenteuer zu stürzen.

Krokodilstränen

Der Schauplatz: die Altstadt von Montevideo. Der Coup: ein Überfall auf einen gepanzerten Geldtransporter. Die Besetzung: Germán, gescheiterter Entführer. Ursula López, resolute Hobbykriminelle. Doktor Antinucci, zwielichtiger Anwalt. Und schließlich Leonilda Lima, erfolglose Kommissarin mit einem letzten Rest von Glauben an die Gerechtigkeit.

Der Ursula-Effekt

Die resolute Ursula hat kurzerhand einen vermasselten Raubüberfall übernommen und sich die gesamte Beute unter den Nagel gerissen. Nur sind ihr jetzt die eigentlichen Verbrecher auf den Fersen. Aber Ursula ist in kriminalistischen Dingen verflucht begabt, und mit ein wenig Glauben an die Dummheit der anderen wird sie das Ding doch wohl schaukeln?

Ursula fängt Feuer

Früher Hobbykriminelle, heute stolze Straftäterin: Ursula ist auf der Flucht, mit Millionenbeute im Gepäck. Ihre Verfolger sind abgehängt, die Villa in Montevideos Nobelviertel zum Greifen nah. Doch als Ursula die Identität der falschen Person annimmt, gerät sie ins Visier eines entflohenen Mafioso, der noch eine Rechnung zu begleichen hat.

Dringliche Angelegenheiten

Hugo muss untertauchen, und zwar sofort. Er wird wegen Mordes gesucht, sein Zug ist entgleist, und am Unfallort wird es von Polizisten gleich nur so wimmeln. Mit einem zerknickten Heiligenbildchen als Beistand ergreift Hugo die Flucht. Bald ist ihm der eigenwillige Polizist Domínguez auf den Fersen, der es mit Moral und Vorschriften nicht so genau nimmt. Womit er nicht gerechnet hat: Der Fall wird zum Medienereignis, und plötzlich schaut ihm das halbe Land über die Schulter. Allen voran Hugos sehr katholische Schwägerin, die öffentlichkeitswirksam für die Seele des Unglücklichen betet. Ein Schlamassel, aus dem der Tod für alle Beteiligten der einfachste Ausweg zu sein scheint.

Ein rasantes Verbrecherstück, das mit bitterbösem Humor feststellt: Unschuldig ist wirklich niemand.

»Mit knappen Sätzen gelingt Rodríguez ein fulminanter Latin Noir über Verbrecher und Heilige.« *Krimibestenliste Deutschlandfunk Kultur*

»Paula Rodríguez liefert einen fulminanten Krimi ab, der an grotesken Ereignissen den Erzählungen ihres großen Landsmannes Jorge Luis Borges nicht nachsteht. Ein Debüt, das Zeitgenossen mit Sinn für tiefschwarzen Humor begeistern wird.« *Buchkultur*

»Krähenschwarz, nüchtern, dabei furios und ein bisschen zynisch. Ein schneller, knapper Roman, in einem Rutsch lesbar.« *Frankfurter Rundschau*